Thomas Feistauer

# Die Teddybärenbank

Ein tierischer Thriller

Zu diesem Buch:

Was tun, wenn man einen Autounfall selbst verschuldet hat und mangels Vollkasko-Versicherung die Werkstattrechnung nicht bezahlen kann?

Monika und Klaus bekommen von ihrer Bank auch keinen neuen Kredit, weil sie noch ein Darlehen abzuzahlen haben.

Von einer Nachbarin wird ihnen eine hilfsbereite Bank empfohlen.

Niemand ahnt zu der Zeit, dass diese Bank mit säumigen Schuldnern wesentlich konsequenter umgeht, als andere Banken.

# Inhaltsverzeichnis

Bibliografische Information der Deutschen Nationalbibliothek:
Die Deutsche Nationalbibliothek verzeichnet diese Publikation in
der Deutschen Nationalbibliografie; detaillierte bibliografische
Daten sind im Internet über http://dnb.d-nb.de abrufbar.

Herstellung und Verlag:
Books on Demand GmbH, Norderstedt

ISBN: 978-3-8370-1331-3

# 1. Kontra Reh

Die Party war in vollem Gange.

Etwa 30 bis 40 Personen drängelten sich in der warmen Augustnacht im Garten und im schmucken Einfamilienhaus von Gaby und Horst, das heute seine Einweihung erlebte.

Monika Pleitner stand mit Christa und einigen anderen Frauen in der perfekt durchgeplanten Küche und bewunderte (mit einer Portion Neid) die edel wirkenden Einbaumöbel mit den originellen Detaillösungen. So eine Küche, geschweige denn, so ein Haus würde sie sich wahrscheinlich nie leisten können.

Gaby und Horst verdienten eine Mörderkohle. Sie waren die typischen Vertreter der als ‚Dinkis‘ bezeichneten Bevölkerungsgruppe (double income, no kids, also Doppelverdiener ohne Kinder). Horst installierte und reparierte als Außendienstmonteur irgendwelche komplizierten elektrischen Geräte, und Gaby arbeitete beim Einwohnermeldeamt. Von den Eltern hatten sie auch noch ein hübsches Sümmchen geschenkt bekommen.

‚Bei solchen Verhältnissen kann man sich natürlich so eine Hütte leisten‘, dachte Monika leicht verbittert. Ihr Mann Klaus brachte als Schlosser um die 2.400 Mark netto nach Haus, und sie verdiente mit ihrer Halbtagsstelle im Supermarkt bei Steuerklasse fünf gerade mal 900 Mark. Von ihrer beider Eltern, die aus einfachen Verhältnissen stammten, konnten sie keine großartigen Zuwendungen erwarten.

Und außerdem drückte sie noch der Kredit.

Als sie vor zwei Jahren heirateten, besaß jeder von ihnen etwa 10.000 Mark Gespartes. Sie fühlten sich wohlhabend, bis sie, nach langer Suche, eine ziemlich teure gemeinsame Wohnung fanden. Dann stellte sich heraus, dass ihre Prioritäten doch konträr gesetzt waren.

Klaus wollte nach außen den dynamischen jungen Typ

'raushängen lassen. Er träumte von einem entsprechenden Sportwagen, dessen kleiner Nachteil darin bestand, dass er 40.000 Mark kosten sollte. Monika hätte lieber die Wohnung schön eingerichtet und wäre mit einem gebrauchten Kleinwagen zufrieden gewesen. Die Zusammenstellung ihrer Wunschmöbel aus dem Katalog ergab unter dem Strich die bedrohliche Summe von 30.000 Mark. Klaus dagegen wäre mit gebrauchten Möbeln aus dem Kleinanzeigenblatt zufrieden gewesen.

Als junges, frisch verheiratetes Paar schlossen sie ohne Ehekrach Kompromisse. Die Wohnung wurde etwas weniger üppig für 15.000 Mark eingerichtet, und statt des Sportwagens kauften sie sich einen Opel Astra als Vorführwagen für 25.000 Mark. Das ergab zwar unter dem Strich auch 40.000 Mark, obwohl sie nur die Hälfte besaßen. Aber dieses Problem wurde von ihrem tüchtigen Bankangestellten kleingeredet, indem er ihnen einen gut überschaubaren Kredit von 20.000 Mark andrehte. Daran bezahlten sie nun schon zwei Jahre ab, aber trotzdem betrug die Restschuld immer noch mehr als die Hälfte.

Frustriert verließ Monika die schwatzende Frauengruppe in der Küche und suchte nach Klaus.

Sie fand ihn im Garten, zusammen mit Christas Mann Gerhard und einigen anderen jungen Männern, die sich alle an ihren Biergläsern festhielten und laberten. Monika stellte fest, dass von den drei möglichen Männer-Gesprächsthemen (Fußball, Autos, versaute Witze) gerade Thema zwei an der Reihe war.

„Und dann wollte der Opa mich überholen!" grölte Klaus viel zu laut in die warme Augustnacht. „Ich schalt' zurück in den Dritten und dann: Gib ihm die Kante! Da hab' ich den Opa versägt, der hat mit seinem Golf keinen Stich mehr gesehen! 190 hatte ich drauf!"

Die anderen jungen Männer lachten anerkennend.

„Hat dein Hobel dabei nicht abgehoben?" fragte eine bierölige Stimme.

„Quatsch! Ich hab' meinen Wagen jederzeit voll im Griff!"
Monika ging nicht weiter auf die Gruppe zu, sondern kehrte um. Sie fühlte sich einsam in der Menschenmenge. Es gefiel ihr nicht, dass Klaus offenbar schon mehr als das versprochene eine Bier intus hatte. Sie hätte jetzt gerne alleine mit ihm in einer ruhigen Ecke gesessen, aber sie kannte seine momentane Stimmung zur Genüge. Wenn er so drauf war, dann sprach er immer viel zu laut von den Heldentaten, die er schon begangen hatte oder demnächst begehen würde. Sie spürte, dass er damit sein mangelndes Selbstwertgefühl aufpolieren wollte. Schlimmer noch war, dass er dann leichtsinnig wurde. Schließlich mussten sie heute Nacht ja auch noch nach Hause fahren. Das Haus von Gaby und Horst lag in einem Vorort, und bis zur Wohnung von Monika und Klaus waren es bestimmt 20 Kilometer.

Monika bedauerte in letzter Zeit öfter, dass sie bis jetzt keinen Führerschein gemacht hatte. Als sie in die Lehre ging, konnte sie vor der Haustür der elterlichen Wohnung in den Bus steigen, der genau vor ihrem Lehrbetrieb wieder hielt. Ihre ab und zu wechselnden Freunde besaßen alle Führerschein und Auto, so dass sich für Monika nie die Notwendigkeit ergab, über Mobilitätsfragen nachdenken zu müssen.

Auf ihrem Weg vom Garten zum Haus traf sie auf eine Gruppe ihr unbekannter junger Frauen, die offenbar alle schon Kinder hatten. Jedenfalls schnatterten sie laut und oft schrill gackernd über das, was die Sprösslinge so anstellten oder an Stilblüten von sich gaben. Monika und Klaus hatten noch keine Kinder, weil sie sich einig waren, erstmal den Kredit zu tilgen und sich dann eine schöne Urlaubsreise zu gönnen. Danach, mit Ende 20, wäre es noch früh genug für Nachwuchs. Trotz dieser Einigkeit fühlte sich Monika durch die Gespräche der jungen Mütter von dieser Gruppe ausgeschlossen. Sie nahm sich fest vor, den geeigneten Zeitpunkt für ein Baby auf keinen Fall durch den Alltag mit Beruf, Haushalt, Anschaffungen und Ratenzahlungen verstreichen zu lassen.

Von der Straße vor dem Haus hörte sie Abschiedsrufe, zuknallende Autotüren und einen startenden Wagen. Also brachen die ersten Gäste auf. Irgendwie war für Monika aus der Party die Luft 'raus. Eigenartig, dass eine im Grunde so schöne Veranstaltung in ihr solche melancholischen Gefühle auslöste. Klar, die Ursachen lagen darin, dass sie sonst im Alltag immer mit den selben Leuten und Kollegen aus ihrem Umfeld zusammentraf, wogegen sie hier neue Leute kennen lernte und ihre bis jetzt erreichten Ziele mit deren Schilderungen verglich. Und diese Vergleiche gaben ihr das Gefühl, bis jetzt noch ziemlich wenig im Leben erreicht zu haben. Schade, dass Klaus so wenig Ehrgeiz besaß und sich nicht um Weiterbildung und ein besseres Einkommen bemühte, obwohl er an jedem Zahltag wieder über das Missverhältnis von ihren Löhnen und ihren Lebenshaltungskosten meckerte. Wie sollte es erst werden, wenn ein Baby da wäre? Dann würde Monikas Halbtagseinkommen auch noch wegfallen.

„Na, wollen wir mal aufbrechen?"

Monika war so in Gedanken versunken gewesen, dass sie Klaus gar nicht bemerkt hatte, wie er sich ihr näherte. Sie freute sich, dass der Vorschlag zum Aufbruch von ihm kam und sie ihn nicht aus der Gruppe biertrinkender Männer loseisen musste.

Gemeinsam suchten sie nach Gaby und Horst, um sich zu verabschieden und nochmals zu versichern, wie sehr ihnen die Party und das Haus gefallen hätten. Monika verspürte dabei wieder den leichten Stich des Neides, als ihr durch den Kopf ging, wie viele Jahre sie schon an ihrem 20.000-Mark-Kredit für einen durchschnittlichen Lebensstandard mit einer Mietwohnung abzahlen mussten. Die Hunderttausende von Mark für so ein Haus würden sie niemals aufbringen können.

Durch die Sandwüste, die später mal ein Vorgarten werden sollte, gingen sie zu ihrem roten Opel Astra, Baujahr 1996. Die Art, wie Klaus den Motor aufheulen ließ, mit quietschenden Reifen anfuhr und die erste Kurve nahm, ließ auf seinen Alkoholpegel schließen. Monika klammerte sich ängstlich am Haltegriff über der Tür fest und stemmte ihre Füße gegen das Bodenblech. Wenn sie jetzt Kritik an Klaus' Fahrstil üben würde, dann würde der nur grinsen und noch rasanter fahren, soweit kannte sie seine Reaktionen. Also hielt sie lieber den Schnabel und presste sich in ihren Sitz, während sie durch das Wäldchen fuhren, das den Vorort von der Stadt trennte.

Das Reh kam von links und rannte über die Straße. Zu spät sah Klaus das im Scheinwerferlicht reflektierende Auge und den schemenhaften Körper. In einer Reflexbewegung riss er das Lenkrad nach rechts und trat voll in die Bremsen. Monika und Klaus wurden kräftig durchgeschüttelt, als der Wagen von der Fahrbahn abkam und über den unebenen, grasbewachsenen Randstreifen schlidderte. Es gab einen Knall, als ein Straßenbegrenzungspfosten abrasiert und davongeschleudert wurde. Mit widerlichem Knirschen und einem dumpfen Wumms prallte der Opel mit der vorderen rechten Ecke in die Böschung des Straßengrabens. Dann herrschte gespenstische Stille.

Das Reh hielt sich nicht an die Straßenverkehrsordnung, sondern beging Unfallflucht, indem es im Wald verschwand.

Zwei endlose Sekunden machten Monika und Klaus jeder für sich Bilanz, ob sie schon auf dem Weg in den Himmel wären.

„Ist dir 'was passiert?" brach Klaus mit heiserer Stimme das Schweigen.

„Ich... ich glaube nicht", stammelte Monika. Die Sicherheitsgurte hatten sie aufgefangen.

Nur der linke Scheinwerfer brannte noch. In dessen Licht sah Klaus, dass die Motorhaube unnormal hoch stand. Das ließ nichts Gutes ahnen.

Klaus löste seinen Gurt, öffnete die Tür und stieg aus. Monika musste sich mühsam aus dem Wagen quälen, weil die Beifahrertür gegen die Böschung stieß und sich nur wenig öffnen ließ.

Im Licht des einsamen linken Scheinwerfers betrachteten sie die schief im Straßengraben stehende traurige Ruine, die vor einer Minute noch ihr Auto gewesen war. Der vordere rechte Kotflügel sah aus wie dauergewellt, der rechte Scheinwerfer war zersplittert und blind, die Motorhaube eingeknickt und die Stoßstange zerborsten.

Mit einiger Mühe öffnete Klaus die verbeulte Motorhaube und leuchtete mit einer Taschenlampe hinein.

„Zum Glück hat der Motor nichts abgekriegt", brummte er. Also wohl nur Blechschaden. Das würde sich hoffentlich einigermaßen günstig richten lassen.

„Was machen wir jetzt?" fragte Monika ratlos.

„Erstmal muss der Wagen aus dem Graben!" stellte Klaus fest. „Und dann müssen wir sehen, ob wir damit noch weiterfahren können."

Er stieg wieder ein, ließ den Motor an und versuchte, rückwärts aus dem Graben zu fahren. Ein Akkord aus Jaulen und hässlichem Kratzen verriet ihm, dass das rechte Vorderrad durchdrehte und außerdem am verbogenen Kotflügel scheuerte. Er gab es auf und stieg wieder aus.

„Ob hier nachts einer vorbeikommt, der uns 'rausschleppen kann?" fragte Monika ängstlich. Klaus brummte nur missmutig und starrte unentschlossen auf seinen verbeulten Stolz.

Weit hinten tauchte ein Scheinwerferpaar auf, und sie hörten das sich nähernde Motorgeräusch. Klaus sprang auf die Straße und wedelte mit den Armen, während Monika „Halt!" und „Hilfe!" schrie. Als ob der Autofahrer, der dort kam, davon auch nur eine Silbe hören könnte. Der Wagen verlangsamte seine Fahrt und hielt hinter ihrem Auto auf dem Seitenstreifen an.

„Das sind Christa und Gerhard!" schrie Monika erfreut, als sie ihre Schulfreundin und deren Mann erkannte, die jetzt auch auf dem Heimweg waren und nun aus ihrem Auto stiegen.

„Ey, Scheiße!" rief Gerhard entsetzt, als er das Auto von Monika und Klaus schief im Straßengraben hängen sah. „Was habt ihr denn gemacht?"

„Reh vor'n Wagen gerannt", knurrte Klaus.

„Wie kommt das denn?" fragte Gerhard grinsend, dessen große Klappe wieder durchbrach, als er Monika und Klaus unversehrt sah. „Ich dachte, du hast deinen Wagen jederzeit voll im Griff?"

Im letzten Moment riss sich Klaus zusammen, um ihm nicht das dämliche Grinsen zwischen den Ohren 'rauszuschlagen

„Halt bloß die Fresse! Überleg' lieber, wie wir den Wagen aus dem Graben kriegen!"

„Vielleicht geht es mit dem Wagenheber?" schlug Monika vor.

„Du hast vielleicht blöde Ideen!" schnauzte Klaus sie an. „Nicht Auto fahren können, aber alles besser wissen wollen!"

Monika schwieg gekränkt. Dafür meldete sich Christa zu Wort.

„Müssen wir nicht die Polizei rufen? Sonst ist das ja Unfallflucht! Schließlich habt ihr einen Begrenzungspfahl umgefahren!"

„Du bist wohl beknackt?!" schrie Gerhard sie an. „Bei der Fahne, die Klaus hat, ist er dann doch gleich seinen Lappen los!"

Monika und Christa beschlossen jede für sich, in keiner Weise mehr an der Bergung des Wagens mitzuwirken. Jetzt waren sie beide von diesen autobesessenen Männern zusammengefaltet worden. Sollten die doch alleine die Sache ausbaden! Die zwei Frauen stellten sich verbittert abseits und bildeten die schweigende Opposition.

Gerhard holte ein Abschleppseil aus dem Kofferraum, befestigte es vorne an seinem Wagen und hinten an dem von Monika und Klaus. Dann stiegen die beiden Männer in die Autos, und mit vereinten Motorkräften wurde der verbeulte

Wagen unter Begleitung von unangenehmen Kratzgeräuschen aus dem Graben gezogen.

Klaus und Gerhard stiegen aus und untersuchten im Schein einer Taschenlampe den Schaden.

„Ey, Scheiße!" stellte Gerhard fest. „Der Querlenker hat ja auch einen mitgekriegt!"

Monika hätte sich lieber die Zunge abgebissen, als zu fragen, was wohl ein Querlenker sei. Aber aus der Art, wie die Männer unter das Auto leuchteten und aus der Artikulation von Gerhard entnahm sie, dass es ein Teil der Vorderachse war und die ganze Reparatur nicht billig sein würde.

Klaus und Gerhard zerrten und bogen inzwischen den verbeulten Kotflügel wieder etwas hin, damit er nicht mehr am Reifen scheuerte.

„Was wird das Ganze wohl kosten?" erkundigte sich Klaus ängstlich bei Gerhard.

„Hast du Vollkasko?"

„Nee, nur Teil." Über diesen Punkt hatten damals mehrere Bekannte Unverständnis geäußert. Wie konnte man sich einen neuen Wagen leisten, ohne genug Geld für eine vernünftige Versicherung übrig zu haben?! Aber Gerhard zog gleich die Patentlösung aus dem Hut.

„Du hast doch gesagt, dir ist ein Reh vor den Wagen gelaufen. Dann war das ja ein Wildunfall, und den zahlt auch die Teilkasko."

Klaus sah einen Hoffnungsschimmer am Horizont. Schließlich mussten die teuren Versicherungsprämien ja auch mal für irgendwas gut sein.

„Dann bringe ich Montagmorgen gleich den Wagen in die Werkstatt. Den Papierkram mit der Versicherung werden die dann ja wohl für mich machen." Klaus pflegte seit seiner Schulzeit eine tiefe Abneigung gegen alles, was irgendwie nach schriftlichen Arbeiten aussah.

Er bedankte sich bei Gerhard und Monika bei Christa. Dann stiegen sie in ihre Autos. Monika und Klaus fuhren langsam und vorsichtig heim, weil Klaus an der Lenkung spürte, dass irgendetwas an der Vorderachse verbogen war. Während der Fahrt herrschte eisiges Schweigen.

Sonntag früh gegen 3.00 Uhr lagen sie endlich erschöpft in ihren Betten.

## 2. Die autofreie Woche

Als Klaus am Sonntagvormittag aufstand, führte sein erster Weg zum Küchenfenster, aus dem er auf die Straße sah. Vielleicht war der ganze Unfall nur ein schrecklicher Traum gewesen? Aber der am Straßenrand abgestellte und vorne rechts verbeulte Opel Astra holte ihn schnell wieder auf den Boden der Tatsachen zurück.

Beim Frühstück entwickelte Monika schon wieder eifrig Pläne, was sie jetzt am Sonntag unternehmen könnten.

„Wir sehen uns den Schaden gleich mal bei Tageslicht an. Vielleicht sind ja nur Teile kaputt, die sich leicht auswechseln lassen."

„Wenn das Fahrgestell verbogen ist, braucht man Spezialwerkzeug, um das wieder zu richten", brummte Klaus.

Trotzdem gingen sie nach dem Frühstück hinunter auf die sonnenbeschienene Straße, um wenigstens irgendetwas zu tun. Faul in der Wohnung zu sitzen hätte ihnen noch mehr das Gefühl der Ohnmacht und des Ausgeliefertseins vermittelt.

Aber auch das Sonnenlicht änderte nichts an den Schäden. Die Motorhaube blieb weiterhin eingeknickt, das rechte Vorderrad schief, der Kotflügel verbeult, die Kunststoffstoßstange zerborsten und der rechte Scheinwerfer zersplittert.

Und zu allem Unglück trat nun auch noch Elvira aus dem Treppenhaus.

Elvira Enterich lebte in der Wohnung unter Monika und Klaus. Niemand wusste genau, welcher Art von Arbeit sie nachging. Sie selbst nannte sich ‚Barkeeperin' oder ‚Gesellschafterin'. Es wurde getuschelt, sie arbeite im waagerechten Gewerbe. Dass sie stets abends gegen 18.00 Uhr das Haus verließ und in mehr oder weniger alkoholisiertem Zustand gegen 3.00 Uhr nachts nach Hause kam, unterstrich diese

Vermutung noch.

Einmal hatte sie Monika gegenüber den Namen des ‚Clubs', wie sie ihren Arbeitsplatz nannte, ausgeplaudert. Monika und Klaus waren aus Neugier bei einer Einkaufstour dort vorbeigefahren. Es handelte sich tatsächlich um eine zweitklassige Bar mit daran angeschlossenem drittklassigen Puff in einer viertklassigen Gegend.

Eigentlich schien Elvira für diese Art Tätigkeit schon etwas zu alt, sie hatte die 30 bereits überschritten. Die Spuren des ausschweifenden Lebensstils versuchte sie mit viel Schminke, Lippenstift und Lidschatten überzuspachteln. Dazu trug sie meistens knallrote Lackschuhe und ebensolche Kunstleder-Miniröcke, die wahrscheinlich vom Anfang der 70er Jahre stammten.

Gelegentlich brachte sie nachts einen ihrer ‚Kunden' mit nach Hause, in der Hoffnung, es würde sich daraus eine Beziehung entwickeln. Sie spürte genau, dass sie älter wurde und nicht mehr so schön und flippig war, wie das junge Ding, als das sie ihren (damals sehr einträglichen) Job begonnen hatte. Im Innersten wünschte sie sich jetzt eine bürgerliche Existenz mit einem soliden, gut verdienenden Ehemann, damit sie endlich mit diesem Nachtleben Schluss machen konnte. Aber ihre Gastbesuche endeten regelmäßig mit lautstarken Auseinandersetzungen und dem Hinauswurf des Freiers, weil diejenigen Männer, auf die sie immer wieder hereinfiel und die sie dann mit nach Hause nahm, stets ganz andere Vorstellungen mitbrachten.

Elvira sah Monika und Klaus vor ihrem beschädigten Wagen stehen und kam auf sie zu.

„Was habt ihr denn gemacht?! Gestern war euer schönes Auto doch noch ganz!" Sie sprach immer gedehnt und leierig, wahrscheinlich deswegen, weil ihr Alkoholpegel nie ganz auf Null zurückging.

„Wir sind leider im Straßengraben gelandet", gab Monika Auskunft.

„Na, hoffentlich habt ihr eine gute Versicherung!"

Monika sah Klaus an und erwischte ihn gerade noch dabei, wie er in Elviras tiefen Ausschnitt starrte. Ein strenger Zug legte sich über ihr Gesicht.

„Ich glaube, da haben wir Glück gehabt", sagte Klaus, der sich ertappt fühlte, schnell und blickte nun eisern auf Elviras Nasenspitze. „Uns ist nämlich ein Reh vor's Auto gelaufen, und gegen Wildschaden sind wir versichert."

„Na, dann seid ihr ja fein 'raus. Viel Glück!" verabschiedete sich Elvira und schlenderte ihres Weges.

Monika und Klaus hätten jetzt gerne sofort die Werkstatt aufgesucht und die Versicherung angerufen, um die Reparatur in die Wege zu leiten. Aber der Sonntag verdammte sie zur Tatenlosigkeit. Mittags begann es zu regnen, und so verbrachten sie den Nachmittag mit Essen, Abwaschen und Fernsehen. Sonst hassten sie beide die Montage, weil dann nach dem Wochenende wieder eine lange graue Arbeitswoche begann. Diesmal sehnten sie den Montag herbei.


„Na, da ham'se aber Pech gehabt!"

Der Kfz-Meister, ein kleiner rundlicher Mittfünfziger, betrachtete über den Rand seiner halbhohen Lesebrille hinweg den beschädigten Wagen, den Klaus am Montagmorgen in die Werkstatt gebracht hatte.

„Tja", meinte Klaus, „Wir sind Samstagabend im Straßengraben gelandet."

„Deswegen?" fragte der Meister mit vielsagendem Grinsen, während er vor dem Mund die typische Schnapsglasgeste machte und Klaus über den Brillenrand hinweg anschielte.

„Quatsch! Uns ist ein Reh vor den Wagen gelaufen. Darum ist es ja auch ein Wildschaden. Vielleicht können Sie das ja direkt mit unserer Versicherung abrechnen, dann haben wir nicht den Papierkram am Hals."

Der Meister stutzte und rupfte sich die Brille von der Nase.

„Ein Wildschaden? Sind Sie denn mit dem Reh zusammengestoßen?"

„Nein, aber als es über die Straße gelaufen ist, habe ich vor Schreck das Steuer verrissen."

„Also, soweit ich das Kleingedruckte der Versicherungen kenne, muss ein Wildschaden durch die entsprechenden Spuren belegt sein. An Ihrem Wagen müssten also Fell- oder Fleischreste kleben, und sie hätten den zuständigen Revierförster verständigen müssen, damit er das tote Tier besichtigt und den Schaden bestätigt, oder das verletzte Tier sucht und ihm den Gnadenschuss gibt. Aber von alledem (er wedelte mit seiner Brille in Richtung Auto) ist hier ja nichts zu sehen! Ich glaube nicht, dass wir das so als Wildschaden abrechnen können. Das heißt, wenn Sie keine Vollkasko haben, müssten Sie die Reparatur selber bezahlen. Da sprechen Sie mal lieber vorher mit Ihrem Versicherungsagenten!"

Klaus fühlte sich, als hätte er gleichzeitig einen Tritt in Bauch, Hintern und Kniekehlen erhalten. Er sah sich und Monika finanziell ins Bodenlose abstürzen.

„Wie... wie teuer wird denn in etwa die Reparatur?" fragte er mit zitternder Stimme aus trockenem Mund.

Der Meister setzte die halbhohe Brille wieder auf die Nase und zog Notizblock und Schreiber aus seinem Arbeitskittel.

„Hmm... mal sehen... Motorhaube, Scheinwerfer rechts, Kotflügel vorne rechts, Stoßstange, Querlenker, Kühlergrill, Lackierarbeit, Wagen vermessen, Vorderachse einstellen..." Er kritzelte seinen Notizblock voll. Bei jedem Posten, den er aufzählte, glaubte Klaus, zehn Zentimeter weiter im Boden zu versinken.

„Na, so ungefähr mit 5.000 Mark müssen Sie rechnen!" kam die vernichtende Auskunft.

Klaus' Gehirn arbeitete auf Hochtouren und klapperte alle Windungen nach einer rettenden Idee ab. Als erste Sparmaßnahme strich er im Geiste den Mietwagen von seiner Wunschliste, den er auf Versicherungskosten natürlich in Anspruch genommen hätte.

„Wie lange brauchen Sie denn für die Reparatur?" erkundigte er sich, in der Hoffnung, inzwischen irgendwo Geld aufzutreiben.

„Ääähmmm..." Der Meister nuckelte konzentriert am Kugelschreiber. „In einer Woche könnten Sie ihn wiederhaben, also nächsten Montagnachmittag."

„Und muss ich die Rechnung dann bar bezahlen?"

Von den Inspektionen her wusste der Meister, dass Monika und Klaus den Wagen in diesem Autohaus gekauft hatten.

„Aber Sie sind doch Stammkunde bei uns! Da holen Sie ihn Montag so ab und bekommen die Rechnung mit. Den Betrag können Sie dann innerhalb von zwei Wochen überweisen."

Klaus atmete erleichtert auf. So blieben ihnen wenigstens drei Wochen Gnadenfrist, um das Geld irgendwie zusammenzukratzen. Er musste sich unbedingt mit Monika beraten, was sie tun konnten. Aber Vormittags saß sie im Supermarkt an der Kasse, und dort konnte er sie nicht anrufen. Das würde erst in seiner Mittagspause gehen, wenn Monika wieder zu Hause war.

Vom Autohaus fuhr Klaus mit öffentlichen Verkehrsmitteln durch die halbe Stadt zur Arbeit. Ohne sein Auto kam er sich vor, wie ein Halbnackter. Er wackelte vor Schreck mit den Ohren, wie teuer inzwischen die Fahrpreise geworden waren. Noch mehr ärgerte ihn die mehrfache Umsteigerei, wobei er jedes Mal wieder an der Haltestelle warten musste. Offenbar fuhr keine Bahn und kein Bus direkt dorthin, wo man hinwollte. Selbst ein Moped wäre ihm jetzt schon fast als Luxus erschienen, aber er kannte niemanden, wo er sich eins hätte ausleihen können. Und für sein altes Fahrrad, das im Keller vor sich hingammelte, erschien ihm der Weg zu weit. Die Strecke von der Wohnung bis zu Arbeitsplatz betrug immerhin 12 Kilometer.

Während des ganzen Vormittags blickte Klaus immer wieder zu der mit Glaswänden abgeteilten Telefonzelle in der Schlosserei, wo ein uralter schwarzer Bakelitapparat an der Wand hing. Aber er wusste ja, dass Monika noch nicht zu

Hause sein konnte. Ihm unterliefen heute viele Flüchtigkeits-
fehler. Ständig grübelte er darüber nach, wie sie das Geld
aufbringen konnten. Zur Zeit bestand an seinem Arbeitsplatz
keinerlei Bedarf an Überstunden, und selbst, wenn er Mehr-
arbeit hätte leisten können, dann ließen sich damit nicht in
drei Wochen 5.000 Mark verdienen. Für Monika galt das
Gleiche. Auch wenn sie fortan ganze Tage arbeitete, dann
würde den Löwenanteil ihres Lohnes das Finanzamt auffressen, und der kümmerliche Rest könnte vielleicht in einem
Jahr die benötigte Summe ergeben, aber nicht in drei Wochen.

Ein Arbeitskollege von Klaus hatte vor einigen Tagen ganz
begeistert über seinen Besuch in einem Spielcasino berichtet, das er mit 100 Mark in der Tasche betreten und mit 400
Mark wieder verlassen hatte. Seiner Schilderung nach ges-
taltete sich die Geldvermehrung dort als ein Kinderspiel.
Klaus bedauerte, dass er noch nicht einmal 1.000 Mark besaß. Nach den Aussagen des Kollegen wäre es ja ziemlich
einfach, daraus 4.000 Mark zu machen. Über die Roulette-
Spielregeln hatte der besagte Mitarbeiter damals die halbe
Belegschaft in der Mittagspause ausführlich informiert und
damit bei den anderen ein geldgieriges Glitzern in den Augen erzeugt.

Endlich war die heiß ersehnte Mittagspause da. Klaus rannte in die Telefonkabine und rief Monika an, die gerade eben,
von der Arbeit kommend, die Wohnung betrat. Er berichtete
ihr hastig von der Auskunft des Kfz-Meisters.

Monika war genau so schockiert, wie Klaus. Sie verabrede-
ten, dass sie heute Abend unbedingt eine Lösung für ihr
Finanzproblem finden mussten. Das hörte sich zwar sehr
naiv an, aber die gegenseitige Zusage der gemeinsamen
Problemlösung gab beiden ein wenig Trost und Zuversicht.

Nach dem Telefonat suchte Monika eilig die Unterlagen
der Autoversicherung heraus. Das Kleingedruckte war
schwer verständlich, lief aber in etwa auf das hinaus, was
der Meister in der Autowerkstatt gesagt hatte. Zur Sicherheit

rief Monika noch bei der Versicherung an und erkundigte sich genauer. Aber hier erhielt sie nun die definitive Bestätigung, dass der Unfallschaden an ihrem Auto nicht als Wildschaden eingereicht werden konnte.

Nachmittags kam Klaus mit bedrücktem Gesicht von der Arbeit nach Haus, wo er eine bedrückte Monika vorfand. Lustlos stocherten sie im Abendessen herum, während sie über ihre Finanzlage diskutierten.

Wegen ihres Kredites wies ihr Sparbuch nur ein sehr dünnes Polster auf. Größere Wertgegenstände, die sie zu Geld machen konnten, besaßen sie auch nicht.

Bei ihren Eltern gab es kaum etwas zu holen. Der Vater von Klaus war schon vor einigen Jahren gestorben, als Klaus gerade eben volljährig wurde. Die Mutter lebte von einer Witwenrente dicht am Existenzminimum. Monika und Klaus konnten sich freuen, dass sie seine Mutter nicht noch finanziell unterstützen mussten.

Monikas Eltern lebten beide noch, aber der Vater verdiente als kleiner Angestellter relativ wenig, und die Mutter litt schon seit Jahren unter Rheuma, weswegen sie nicht mitarbeiten konnte. Das Geld ging so hinaus, wie es hereinkam, größere Summen sammelten sich nie an.

Die finanzielle Lage ihrer Freunde und Bekannten war Monika und Klaus einigermaßen vertraut. Viele der jungen Leute hatten sich ebenfalls auf Pump einen gewissen Lebensstandard finanziert. Kurz und bündig gesagt: Es gab niemanden, bei dem sie wegen eines Darlehens anfragen konnten.

„Lass' uns doch erst einmal die Rechnung abwarten!" schlug Monika vor. „Vielleicht hat der Meister sich ja verschätzt, und es werden nur 3.000 Mark oder so."

„Du bist ja naiv!" pflaumte Klaus sie an. „So, wie ich die Gauner kenne, wird die Rechnung eher noch höher."

„Wir können doch ab sofort anfangen, eisern zu sparen. Dann haben wir bis zum Ende der Frist wenigstens eine

Anzahlung beisammen. Vielleicht bekommen wir dann Ratenzahlung genehmigt. Als Erstes würde ich sagen, du lässt mal die Qualmerei sein!" Monika zeigte auf den halb vollen Aschenbecher. „Da lösen sich jeden Tag fünf bis zehn Mark in Rauch auf!"

„Ach nee?! Und dein Klamottenfimmel?! Du kannst doch an keinem Kleiderständer im Kaufhaus vorbeigehen, ohne irgendwas mitzunehmen. Wie viel Kohle geht denn damit drauf?!"

Beide spürten, dass gegenseitige Vorwürfe ihnen nicht weiterhelfen würden. Deswegen vereinbarten sie ab sofort größte Sparsamkeit. Von nun an wollten sie vor jedem Kauf überlegen, ob sie die gewünschten Sachen wirklich in diesem Moment brauchten, oder ob sie sie nur aus oberflächlichen Motiven gerne haben würden.

Das Geld, das sie in dieser Woche an Benzin sparten, ging für Klaus' Fahrkarte wieder drauf. Ansonsten zeigte ihr Sparprogramm eine gewisse, wenn auch geringe Wirkung.

Am Wochenende zogen sie Bilanz und hatten tatsächlich über 70 Mark gespart. Klaus hätte es vor Monika nie zugegeben, aber im Inneren musste er sich eingestehen, dass mindestens die Hälfte davon wirklich eingesparte Zigaretten waren. Seine Kollegen hatten natürlich mitbekommen, dass sein Auto in der Werkstatt stand, und da er jetzt öfter als früher bei ihnen Zigaretten schnorrte, tippten sie treffsicher auf einen finanziellen Engpass.

Klaus erinnerte sich an Erzählungen von seinem Großvater, wie der nach dem Krieg die weggeworfenen Kippen der englischen und amerikanischen Besatzungssoldaten aufgesammelt und zu Hause den Tabak für seine Pfeife daraus gewonnen hatte. So weit war er noch nicht, obwohl es ihm in den Fingern juckte, wenn er auf den Bahnhöfen und Haltestellen Leute beobachtete, die nur halb aufgerauchte Zigaretten auf den Boden warfen, weil der Bus oder der Zug kam.

Auch Monika wollte Klaus gegenüber nicht zugeben, dass

ihr das Knausern schwer fiel. Sie musste sich eingestehen, dass sie oft Kleinigkeiten kaufen wollte, die sie in diesem Moment gar nicht wirklich brauchte, sondern von denen sie glaubte, sie könnte sie irgendwann mal brauchen. Eines Nachmittags, als Klaus noch arbeitete, überprüfte sie kritisch im Schlafzimmer ihren Vier-Meter-Kleiderschrank (drei Meter für Monika, einen Meter für Klaus). Sie musste feststellen, dass sie bei einigen Kleidungsstücken nicht mehr wusste, was das Kaufmotiv gewesen war. Ging es ihr vielleicht nur um das Kauferlebnis an sich? Sie nahm sich vor, mit Klaus Wohnung und Keller auszumisten und alles noch Brauchbare auf einem Flohmarkt zu verkaufen. Eventuell ließ sich da ja noch eine Mark machen.

Das Wochenende erschien beiden als ausgesprochen öde. Sonst setzten sie sich oft kurz entschlossen ins Auto und fuhren, z.B. bei schlechtem Wetter, ins Kino, zu ihren Eltern oder zu Freunden. Bei Sonnenschein machten sie gelegentlich einen Autoausflug zum Badesee oder in einen Erholungswald. Auch wenn sie irgendetwas dieser Art gar nicht vorhatten, so bot das auf der Straße parkende Auto doch jederzeit und unabhängig von anderen die Möglichkeit dazu.

An diesem Wochenende existierte diese Möglichkeit nicht. Samstag hingen dunkle Wolken am Himmel. Aus lauter Frust und Langeweile brachten Monika und Klaus mit einem Hausputz Ordnung in ihre Wohnung und belohnten sich mit einem selbst gekochten Essen bei einem gemütlichen Fernsehnachmittag. Aber trotz der aufgesetzten Genussmienen rumorte beiden der Gedanke an die 5.000 Mark ständig im Kopf herum.

Am Sonntag herrschte schönster Sonnenschein. Klaus ließ sich sogar dazu überreden, sein altes Fahrrad aus dem Keller zu holen, zu reinigen und die Reifen aufzupumpen. Dann strampelten Monika und Klaus bis zum Stadtpark, aßen dort ein Eis (wegen des Sparprogrammes nur für vier Mark) und fuhren zurück. Klaus, der nicht mehr im Training war, schmerzte der Hintern. Neidisch blickte er an jeder roten Ampel auf die Leute in den haltenden Autos. ‚Ab morgen Nachmittag gehörst du auch wieder dazu‘, tröstete er sich in Gedanken. Monika, die viel mit dem Fahrrad erledigte, wäre nie auf solche Gedanken gekommen.

## 3. Geldsorgen

Den letzten Montag hatten Monika und Klaus sehnsüchtig herbeigewünscht, weil sie dann, nach einem öden Sonntag, endlich die Werkstatt aufsuchen konnten. Genauso freuten sie sich an diesem Montag, dass er doch noch gekommen war, als hätten sie Angst gehabt, die Zeit könnte stehen bleiben. Heute würden sie ihren vierrädrigen Liebling wieder sehen! Wegen der Vorfreude geriet die Sorge um die Rechnung etwas in den Hintergrund.

Ungeduldig fieberte Klaus dem Feierabend entgegen. Mit Bahn und Bus (zum letzten Mal!) fuhr er zum Autohaus und rannte die letzte Strecke im Dauerlauf. Und da stand sein so lange entbehrtes Auto auf dem Hof, perfekt repariert und wie neu glänzend! Klaus ging prüfend um den Wagen herum und besah sich das Ergebnis. Die Monteure hatten gute Arbeit geleistet. Zufrieden betrat Klaus die Reparaturannahme.

Der Meister, der ihn letzten Montag beraten hatte, war gerade nicht da. So wandte sich Klaus an einen anderen Annehmer.

„Tach, Herr Pleitner! Ja, alles fertig! Bitte, dort an der Kasse erhalten Sie Ihren Fahrzeugschein und die Wagenschlüssel."

Bei dem Wort „Kasse" knickte Klaus vor Schreck in den Knien ein. Sollte er jetzt etwa doch bar bezahlen? Mit schlotternden Beinen schlich er zum Kassentresen. Aber dort musste er nur eine Unterschrift leisten, erhielt seinen Autoschlüssel, die Papiere und einen bedrohlich aussehenden Briefumschlag, der die Rechnung enthielt.

Er verließ die Annahme und flüchtete sich in das Innere seines motorisierten Lieblings. Endlich wieder zu Hause! Aber richtig heimisch fühlte er sich erst, nachdem er den Fahrersitz wieder auf seine Größe eingestellt hatte (der Kfz-Meister war wesentlich kleiner als Klaus). Mit zitternden

24

Händen öffnete er den Umschlag, zog die Rechnung heraus und blickte auf die rechte untere Ecke, wo der Gesamtbetrag stand.

Gut, dass er schon im Wagen saß! In der Reparaturannahme wäre er wahrscheinlich haltlos gegen eine Wand getorkelt. Fünftausendfünfhundertundeinpaarzerhackte! Ihm wurde schwindelig, die Zahlen verschwammen vor seinen Augen.

Leider stand auch nach einer zweiminütigen Erholungspause derselbe Betrag da. Mit gefühllosen Fingern steckte Klaus die Rechnung in die Innentasche seiner Lederjacke und starrte fassungslos auf die rote Backsteinmauer der Autowerkstatt, als ob dort die nächste Geldquelle beschrieben wäre.

Ungefähr fünf Minuten saß er so da, aber die Patentlösung, die sich seit einer Woche nicht meldete, erschien auch in diesen fünf Minuten nicht. Schließlich startete Klaus, ein wenig erholt, den Wagen und fuhr sehr defensiv nach Hause, damit nicht wieder ein Unfall passierte.

Vor der Haustür parkte er den Opel und blickte sich auf dem Weg ins Haus noch dreimal nach ihm um. Im Moment war der Anblick des einwandfreien Wagens für ihn der einzige Trost.

Monika sah Klaus vom Küchenfenster aus ankommen. Die Wiederkehr ihres Autos ließ sie freudig erregt zur Wohnungstür eilen.

Ihr Lächeln verrauschte, wie die Luft aus einem Ballon, als sie Klaus' Gesicht sah, mit dem er vollkommen erledigt die Treppen hochgeschlichen kam.

„So schlimm?" stammelte sie. Klaus nickte nur, während er seine Jacke auszog und an die Garderobe hängte.

„Wie viel?" hauchte Monika, als sie beide am Küchentisch saßen.

„Fünfsechs!" murmelte Klaus. Monika zog hörbar die Luft durch die Nasenlöcher ein und erstarrte in dieser Haltung für einige Sekunden.

„Und was jetzt?"

„Weiß' ich auch nicht!" brummte Klaus niedergeschlagen.

Beim Abendessen beschlossen sie ihr Vorgehen für die nächsten Tage. Sie wollten ihr Sparprogramm eisern fortsetzen, so dass sie, zusammen mit ihrem Sparkonto, bis zur Zahlungsfrist ungefähr 800 Mark besitzen würden. Damit wollten sie bei der Werkstatt eine Anzahlung leisten und um weitere Ratenzahlung bitten.

Doch beide bedachten nicht die einmal im Jahr fällige Unfallversicherung für Klaus, die mit rund 300 Mark zu Buche schlug und ihr gerade eben angespartes Sümmchen wieder dezimierte. Weil sie sich damals beim Abschluss zu einer Einzugsermächtigung hatten überreden lassen, bemerkten sie den Zahlungsausgang zunächst gar nicht, sondern erst, viel zu spät, nach Erhalt des nächsten Kontoauszuges.

Während der nächsten drei Wochen ergriff der Alltagstrott wieder Besitz von Monika und Klaus. Der Unfall geriet allmählich in Vergessenheit, und auch die offene Rechnung rutschte in die Schublade ‚Da war doch noch etwas?' Monika und Klaus wussten genau, dass sie nicht zahlen konnten, aber sie brachten auch nicht den Mut auf, sich mit dem Autohaus zu besprechen, in der Angst, sofort den Gerichtsvollzieher auf den Hals zu bekommen. Sie konnten noch nicht einmal den Kfz-Brief als Sicherheit anbieten, denn den hatte ja schon die Bank damals wegen des Kredites einbehalten. So steckten sie also in stiller Eintracht die Köpfe in den Sand, verhielten sich wie die drei Affen und hofften, dass das Unheil noch etwas auf sich warten lassen würde. Vielleicht vergaß das Autohaus ja die Rechnung, oder sie gewannen im Lotto. Beide unternahmen also nichts, sondern warteten schicksalsergeben darauf, dass mit ihnen etwas unternommen wurde.

Und das Autohaus unternahm etwas.

Genau 22 Tage, nachdem Klaus den Wagen von der Werkstatt abgeholt hatte, fand Monika am Dienstag nach der Arbeit im Briefkasten eine Mahnung vor:

Hamburg, 31.8.1998

Sehr geehrter Herr Pleitner,

Leider konnten wir den seit dem 24.8.1998 fälligen Rechnungsbetrag von DM 5.567,31 noch nicht als Eingang verbuchen.
Wir bitten Sie hiermit um sofortige Begleichung auf eines unserer unten angeführten Konten.

Monika fiel auf einen der Küchenstühle.

‚Jetzt ist es soweit!‘ dachte sie. ‚Jetzt wird uns bald alles weggepfändet!‘ Sie sah ihren mühsam und mit Schulden aufgebauten Lebensstandard wieder zerrinnen. Bald würde der Gerichtsvollzieher kommen und auf ihre liebevoll und mit Freude an der Planung ausgesuchten Möbel einen Kuckuck kleben. Und Klaus würde das wahrscheinlich gar nicht stören, er wäre ja schon damals mit gebrauchten Möbeln aus dem Kleinanzeigenblatt zufrieden gewesen, wenn nur genug Geld für sein Auto übrig blieb!

„Und alles wegen dieser Karre!" heulte Monika. Sie wusste nicht mehr weiter und rief Klaus auf der Arbeit an. Dem schwante nichts Gutes, als er in das Meisterbüro ans Telefon gerufen wurde.

„Die Autowerkstatt hat eine Mahnung geschickt!" schluchzte Monika. „Jetzt tu‘ endlich ‘was, damit wir wegen deiner Geldvernichtungsmaschine nicht auch noch die Wohnung verlieren!"

Klaus war den ganzen Nachmittag über tief betroffen und nachdenklich. Schuldbewusst erinnerte er sich, damals auf das teure Auto bestanden zu haben und dass er am Abend des Unfalls wirklich zu riskant gefahren war.

Aber am meisten kratzte an seinem Selbstwertgefühl Monikas offene Skepsis, auch schwierige Lagen meistern zu können. Fehlte nur noch, dass sie in ihrer Ausweglosigkeit jetzt irgendwelche Freunde oder Bekannte um Rat fragte und damit vor denen zugab, dass sie ihre Probleme nicht alleine lösen konnten. Er beschloss, endlich etwas zu unternehmen.

Nach Feierabend ging er in das Büro seines Chefs und fragte mit viel Stottern und Stammeln nach einem Kredit.

„Aber Herr Pleitner!" antwortete der Inhaber der Schlosserei erstaunt. „Wir sind doch keine Sparkasse! Wofür brauchen Sie denn so viel Geld?"

Klaus berichtete in groben Zügen von der Autoreparatur und von ihrer Finanzmisere.

„Mir scheint, Sie leben etwas über Ihre Verhältnisse. Sie haben ja nur Schulden und keine Rücklagen! Außerdem war Ihr bisheriges Vogel-Strauß-Verhalten sehr unklug. Einfach den Kopf in den Sand zu stecken und auf den Weihnachtsmann zu hoffen! Ihnen hätte doch klar sein müssen, dass Sie damit über kurz oder lang baden gehen! Ich kann Ihnen nur raten: Fahren Sie zur Autowerkstatt, nehmen Sie Ihre Frau mit, und berichten Sie von Ihrer Situation, dass Sie im Moment einen Engpass haben! Kratzen Sie alles zusammen, was Sie können, leisten Sie eine Anzahlung, und wenn es 300 Mark sind! Damit demonstrieren Sie aber Ihre Zahlungswilligkeit und können vielleicht Raten aushandeln. Und Donnerstag haben die Banken lange geöffnet. Fahren Sie mit Ihrer Frau hin, reden Sie mit den Leuten! Ihren anderen Kredit haben Sie ja bis jetzt treu und brav abbezahlt. Vielleicht können Sie ihn ja aufstocken."

Klaus bedankte sich höflich für die eigentlich selbstverständlichen Ratschläge und fuhr erleichtert nach Haus. Er berichtete Monika von dem Gespräch mit dem Chef und von dessen Vorschlägen. Allerdings sagte er nicht, dass sein Vorgesetzter ihn wie einen Schuljungen ausgemeckert hatte, sondern er stellte den Sachverhalt so dar, als hätte er in Zusammenarbeit mit seinem Chef diese geniale Vorgehensweise entwickelt.

Auch Monika fühlte sich jetzt, wo sie einen Plan hatten,

nicht mehr so hilflos. Morgen würden sie die Autowerkstatt und Donnerstag die Bank aufsuchen und die Sache in Ordnung bringen!

Seit vier Wochen schliefen Monika und Klaus ohne Angst ein.

Am Mittwoch Nachmittag, als Monika allein zu Haus war, läutete überraschend die Türklingel.

Monika wunderte sich. Sie erwartete niemanden.

‚Ob es jemand vom Autohaus ist?‘ dachte sie ängstlich. Leise schlich sie zur Wohnungstür und blickte vorsichtig durch den Türspion.

Ihr Herz machte einen Freudensprung: Katrin und Axel! Sie riss die Tür auf und fiel beiden um den Hals.

Katrin hatte vor zehn Jahren zusammen mit Monika gelernt. Die zwei waren die besten Freundinnen. Schon früh lernte sie Axel kennen. Dadurch kannte Monika ihn auch seit ihrer Lehrzeit. Es passierte nun nicht das Übliche, nämlich, dass ihre Freundschaft unter Katrins neuer Beziehung litt. Vielmehr bestand zwischen den Dreien ein herzliches Verhältnis, das sich auch nicht änderte, als Monika Klaus kennen lernte. Klaus wurde ebenso herzlich in die bestehende Dreierclique integriert. Sie unternahmen viel zusammen.

Für Monika war es ein Schock und ein herber Verlust, als Katrin und Axel kurz nach Monikas Hochzeit nach München zogen, weil Axel dort eine Super-Stellung bekommen hatte. In den ersten Wochen telefonierten Monika und Katrin viel, weil beide unter dem Verlust ihrer jahrelangen Gemeinsamkeit litten. Nach und nach wurden die Telefonate und Briefe weniger. Es wuchs Gras über die Sache. Aus den Augen, aus dem Sinn! Zuletzt hatten Monika und Klaus zu Ostern einen Brief von Katrin und Axel bekommen.

Und jetzt standen die beiden leiblich vor der Tür! Monika konnte ihr Glück kaum fassen, küsste beide ausführlich ab und zerrte sie in die Wohnung.

Sie bereitete Kaffee, schnitt Kuchen, und dann tratschten sie emsig den ganzen Nachmittag über alles, was sie in den letzten zwei Jahren erlebt hatten.

Wie sich herausstellte, genossen Katrin und Axel gerade zwei Wochen Urlaub, dessen erste Hälfte sie an der Ostsee verbracht hatten. Den Rückweg gestalteten sie derart, dass sie auf der Reise von Norden nach Süden verschiedene Verwandte und Bekannte besuchten.

Als Klaus am späten Nachmittag von der Arbeit kam, war er genau so freudig überrascht, wie Monika. Flugs integrierte er sich in die Gesprächsrunde.

Zwischendurch gingen Monika und Klaus in die Küche, um Getränke zu holen und belegte Brote herzurichten.

„Eigentlich wollten wir heute doch zum Autohaus", stellte Monika in einem Ton fest, der deutlich verriet, dass ihr der Nachmittag mit Katrin und Axel viel lieber war, als der Bettelgang zur Autowerkstatt.

„Brauchen wir doch gar nicht!" antwortete Klaus zuversichtlich. „Morgen stocken wir bei der Bank unseren Kredit auf, dann kriegen die Halsabschneider ihren Zaster, und die Sache ist erledigt. Wozu sollen wir vorher noch bei denen auf den Knien 'rumrutschen?"

So plauderten sie unbeschwert bis in den Abend. Natürlich kam als Gesprächsthema zwischendurch auch der Autounfall zur Sprache. Aber nicht dessen finanzielle Folgen. Unabhängig voneinander hatten Monika und Klaus die gleiche Idee und die gleiche Antwort darauf: Sollten sie Katrin und Axel um ein Darlehen bitten? Die beiden schienen relativ wohlhabend zu sein. Monika und Klaus verzichteten in stiller Übereinkunft aus dem gleichen Grunde darauf. Sie fühlten sich beide etwas zweitklassig, als sie Katrins und Axels Schilderungen von deren Haus, Auto und Reisen hörten, genau wie es Monika damals bei der Hauseinweihung von Gaby und Horst gegangen war. Nun wollten sie zu ihrem sichtbar niedrigeren Lebensstandard nicht auch noch die

Tatsache zugeben, dass ihr Geld vorne und hinten nicht reichte.

Am späten Abend brachen Katrin und Axel auf, um bei Katrins Eltern zu übernachten.

Das nette Zusammensein mit alten Freunden und vielen Erinnerungen hatte Monika und Klaus für einige Stunden aus ihren Alltagssorgen entführt. Zum ersten Mal seit dem Unfall schliefen sie wieder miteinander.

## 4. Geldsuche

Als Monika und Klaus am nächsten Nachmittag vor dem Eingang ihrer Bank standen, fühlten sie sich wie auf dem Wege zu einer Gerichtsverhandlung oder zu einer schlimmen ärztlichen Untersuchung. Mit gehörigem Herzklopfen betraten sie die Schalterhalle.

Es herrschte reger Publikumsverkehr. Sie stellten sich an die kürzeste Schlange an, um dann frustriert festzustellen, dass es dort am langsamsten voranging. Endlich konnten sie bis an den Schalter vordringen, wo eine große, resolute Angestellte ihren Dienst versah.

„Guten Tag!" begrüßte sie die beiden mit unangenehmer Lautstärke.

„Guten Tag!" antwortete Klaus verlegen. „Wir sind hier wegen eines Kredites. Wir hatten nämlich vor vier Wochen einen Autounfall und..."

„Wie ist denn Ihre Kontonummer?" unterbrach ihn die dominante Tante. Klaus reichte ihr seine Kundenkarte. Die Daten wurden in den Computer getippt, und die Bankangestellte gaffte interessiert auf den Bildschirm.

„Ich glaube nicht, dass Sie noch ein Darlehen bekommen können!" grölte sie laut und ließ so die auf den Fußboden aufgemalte Diskretionslinie nur noch lächerlich wirken. „Sie haben ja noch einen Kredit laufen. Da sprechen Sie mal mit unserem Herrn Würger! Im Moment hat er noch Kundschaft. Wenn Sie dort so lange Platz nehmen wollen?"

Auf dem Weg vom Schalter zu den Wartesesseln fühlten sich Monika und Klaus von allen Bankkunden begafft. Das fing ja gut an! Frustriert pflanzten sie sich in die weichen, schwarzen Kunstledersessel.

Inzwischen hatte Herr Würger sein Kundengespräch beendet und studierte mit bösem Blick den Computerausdruck, auf den die Schalterangestellte geschrieben hatte: ‚Neuer

Kredit möglich?' Wieder solche Pleitegeier, die nicht mit Geld umgehen konnten! Das sagte ja schon der Name: Pleitner!

Herr Würger, ein piekfein gekleideter und gelfrisierter Schnauzbartträger, stand mit seinen 35 Jahren noch längst nicht auf der Rangstufe, mit der er zufrieden gewesen wäre. Er empfand es als ausgesprochen lästig, sich täglich mit Rentnern, Arbeitslosen und solchen geistigen Nullen wie diesen Pleitners beschäftigen zu müssen. Das brachte die Arbeit in einer Filiale leider mit sich. Er träumte von einer Tätigkeit bei der Zentrale in der Innenstadt, wo er nur noch mit hochstehenden Kunden zu tun hätte, die mindestens sein geistiges Niveau besaßen.

Damit es weiter das Treppchen bergauf ging, durfte er sich keinen Fehler erlauben. Erst kürzlich hatte er gerüchteweise von einem Angestellten der Bank gehört, mit dem er vor 15 Jahren gemeinsam in der Ausbildung gewesen war. Eigentlich ein netter Kerl, aber zu gutmütig. Hatte einen großen Kredit vergeben und als Sicherheit die 18-jährige Tochter des Kreditnehmers bürgen lassen. Der Schuldner wurde zahlungsunfähig, und die Tochter, sie lernte noch als Friseuse, konnte ebenfalls nicht zahlen. Den darauf folgenden Prozess verlor die Bank. Das Gericht argumentierte, eine 18-jährige Auszubildende könne noch gar nicht die Reife besitzen, um die Folgen einer aufgeschwatzten Bürgschaft zu übersehen. Außerdem hätte der Bank klar sein müssen, dass solch eine Bürgin im Ernstfall nie in der Lage sein würde, für einen großen Kredit geradezustehen. So blieb die Bank auf dem Verlust sitzen, und der Bekannte von Herrn Würger wurde auf einen Posten versetzt, der ihm deutlich machte, dass er alle Hoffnungen auf Beförderung begraben konnte.

So naiv wäre Herr Würger natürlich nicht! Er hatte es bereits zum stellvertretenden Filialleiter gebracht. Sein weiterer Weg sollte nach oben führen und nicht auf ein Abstellgleis, wo er nur noch Papier umgraben durfte.

Sein Streben galt Höherem, vor allem höherem Einkommen. Die Ursachen dafür lagen in seiner Jugend. Sie waren zu Hause fünf Kinder gewesen, und der Vater hatte als kleiner Angestellter einfach nicht genug Geld für das Nötigste verdient.

Alle anderen Kinder in seiner Klasse brüsteten sich mit den Autos der Väter. Nur Würgers konnten sich keins leisten.

Alle anderen Kinder berichteten begeistert, welche Sendungen sie schon im Fernsehen gucken durften. Nur Würgers besaßen keinen Fernseher.

Alle anderen Kinder gaben an mit ihren Drei- bis Zwölfgang-Fahrrädern. Nur Würgers Kinder mussten zu Fuß gehen.

Alle anderen Kinder berichteten nach den Sommerferien braun gebrannt von ihren Reisen in den Süden. Nur Würgers mussten zu Hause bleiben.

Deswegen kotzte Herrn Würger Armut an. Er würde den Teufel tun und sich Frau und Kinder an den Hals holen. Er wollte nie wieder hungern oder frieren oder auf ein schönes Kleidungsstück verzichten müssen, sondern mit den oberen Zehntausend schwimmen. Zur schnellen Vermehrung seines Vermögens wäre er auch bereit, weniger saubere Geschäfte zu machen, wenn sich eine Gelegenheit bieten würde, allerdings nur außerhalb seines Arbeitsplatzes. Hier verhielt er sich stets mustergültig, damit ihm niemand an den Karren fahren konnte.

Also beschloss er, kein Risiko einzugehen. Lieber ein Kreditgeschäft ablehnen, als auf den Bauch fallen!

Außerdem erwartete er in 20 Minuten einen wichtigen Kunden, der eine Erbschaft von mehreren hunderttausend Mark anlegen wollte. Der durfte auf keinen Fall warten! Das hieß, er musste diese Pleitners jetzt schnell abwimmeln.

So begab er sich zu den Wartesesseln und begrüßte Monika und Klaus mit seinem synthetischen Lächeln. Sein feiner Anzug und seine offenbar gehobene Stellung imponierten Klaus. Dagegen fand Monika sein schmieriges Grinsen ausgesprochen unsympathisch. ‚Wie ein Sittenstrolch, der gera-

34

de ein kleines Mädchen alleine im Park erspäht hat!' dachte sie.

Herr Würger geleitete die beiden zu seinem Schreibtisch, wo sie gnädigerweise Platz nehmen durften.

„Äääh... die Sache ist die...", begann Klaus das Gespräch, „...wir sagten das schon Ihrer Mitarbeiterin... wir wollten mal fragen, ob wir noch einen Kredit beantragen könnten. Wir hatten nämlich einen Autounfall..."

„Haben Sie nicht schon einen Kredit laufen?" fragte Herr Würger mit widerlich lauerndem Ton.

„Ja, sicher", antwortete Klaus, „aber der ist ja schon halb abbezahlt. Nur für die Autoreparatur brauchen wir jetzt noch eine kleine Finanzspritze."

„Sie wissen doch", näselte Herr Würger von oben herab, „dass Sie für einen Kredit eine Sicherheit bieten müssen. Wie steht's denn damit?"

„Na, unser Auto wäre doch eine Sicherheit."

Herr Würger grinste Klaus sadistisch an, so wie ein Lehrer einen ungeliebten Schüler angrinst, den er beim Abschreiben erwischt hat.

„Sie scheinen zu vergessen", entgegnete er mit arrogantem Lächeln, „dass Ihr Wagen uns bereits sicherungsübereignet ist, und zwar für Ihren ersten Kredit."

„Na ja, aber das Auto hat ja 25.000 Mark gekostet, und der erste Kredit war ja nur 20.000, also ist das Auto mehr wert. Außerdem haben wir von dem ersten Kredit schon die Hälfte abbezahlt."

„Sie scheinen schon wieder etwas zu vergessen", sagte Herr Würger in seinem ätzenden Besserwisserton, „nämlich, dass Ihr Auto inzwischen auch nur noch die Hälfte wert ist, besonders jetzt, wo es einen Unfallschaden hatte."

Monika schnappte entsetzt nach Luft. Das durfte doch nicht wahr sein, dass ihr Auto in zwei Jahren solch einen Wertverlust erlitten hatte! Oder erzählte dieser Würger nur Märchen? Monika konnte im Moment keine Gegenargumente hervorbringen, aber sie nahm sich vor, in der Bewertungstabelle einer Autozeitung den Wert ihres Wagens nachzusehen. Ihr kam eine Idee.

„Unsere Wohnung haben wir vor zwei Jahren neu eingerichtet. Die Möbel haben 15.000 Mark gekostet! Die können wir doch als Sicherheit nehmen!"

Herr Würger lachte spöttisch auf.

„Gebrauchte Möbel!" schnaubte er verächtlich. „Wer kauft denn sowas?! Haben Sie wirklich nichts Besseres zu bieten? Schmuck? Immobilien? Wertpapiere?"

Monika und Klaus schüttelten betreten die Köpfe.

„Tut mir leid!" schloss Herr Würger das Gespräch. Sein Ton verriet, dass es ihm überhaupt nicht leid tat. „Unter diesen Voraussetzungen kann ich aber auch gar nichts für Sie tun!"

Er nahm die Akten, die seinen nächsten Kunden (den mit der üppigen Erbschaft) betrafen, zur Hand, um Monika und Klaus so zu demonstrieren, dass er das Gespräch für beendet erachtete. Die zwei standen völlig fertig auf und schlichen wie geprügelte Hunde aus der Bank.

Kaum auf der Straße, stampfte Monika wütend mit dem Fuß auf und schrie: „Alte Arschgeige!", während Klaus gleichzeitig brüllte: „Dem könnte ich die Fresse einschlagen!" Einige Passanten drehten sich verwundert nach den beiden Schreihälsen um, die stinksauer in ihr Auto stiegen und die Türen zudonnerten.

Nachdem sie einige Minuten wütend in Richtung Wohnung gefahren waren, brach Monika das betrübte Schweigen.

„Mir ist da neulich eine Idee gekommen", begann sie.

„Ach nee?" brummte Klaus, der sich nicht vorstellen konnte, dass ihnen überhaupt noch etwas helfen würde.

Monika präsentierte ihm ihren Einfall vom Flohmarkt.

„Wenn wir Wohnung, Keller und Dachboden ausmisten, finden wir bestimmt eine Menge Zeug, das wir nicht mehr brauchen und zu Geld machen können. Ja, ja, ich weiß, meine Klamotten gehören auch dazu. Sonntag ist Flohmarkt im Einkaufszentrum. Wenn wir jetzt schnell nach Haus fahren und den Veranstalter anrufen, bekommen wir vielleicht noch einen Platz für unseren Tapetentisch!"

Klaus verspürte gar keine Begeisterung bei der Vorstellung, Wohnung, Keller und Dachboden aufzuräumen. Aber in Ermangelung einer besseren Geldquelle stimmte er schließlich zu.

Als Erstes riefen sie zu Hause den Flohmarktveranstalter an. Ja, ein Platz für einen Tapetentisch wäre noch frei. Ja, der Flohmarkt finde unter Dach im Einkaufszentrum statt. Aber spätestens 7.30 Uhr müssten sie sich bei der Aufsicht melden. Ja, natürlich koste das etwas, und zwar 60 Mark für einen Tapeziertisch.

Nachdem der Standplatz gesichert war, planten Monika und Klaus, am Freitagnachmittag die Wohnung auszumisten, Samstagvormittag den Dachboden und Samstagnachmittag den Keller. Durch diese ganze Planung und Organisation geriet der eigentlich fällige Besuch im Autohaus vollkommen in Vergessenheit.

Die Aufräumerei und das Bereitlegen der Flohmarktsachen brachte Entsetzliches an den Tag.

Das Entsetzliche war nämlich die Einsicht, dass alle Sachen, die im Keller oder auf dem Dachboden abgestellt herumstanden, irgendwann mal Geld gekostet hatten und nun doch nicht mehr gebraucht wurden.

Auf dem Haufen der ausgesonderten Artikel befanden sich nicht nur Kleidungsstücke aller Art, sondern auch Hausrat, Elektroartikel, Lampen, Geschirr und Besteck, Bilder, Werkzeuge, Bücher und Spielsachen. Klaus träumte für einige Minuten von seiner Kindheit, als er einen Karton mit Automodellen fand, die er als Junge aus Baukästen zusammengesetzt hatte. Und Monika kreischte begeistert, als sie ihre alten Mädchenbücher wiederentdeckte, die sie als 12-jährige so oft gelesen hatte.

Samstagabend standen nach harter Arbeit etliche Kartons und Koffer für den Abtransport bereit und wurden samt

Tapeziertisch ins Auto verladen. Monika und Klaus machten sich Hoffnungen, am Sonntagabend mit einigen hundert Mark nach Haus zu kommen.

Sonntag standen sie früh auf und fuhren voller Hoffnung zum Einkaufszentrum. Hier herrschte bereits Hochbetrieb. Es schien so, als ob hunderte von Menschen mit Autos aller Art vorgefahren wären, um ihre Sachen zum Verkauf aufzubauen.

Nach einiger Suche fanden sie am Eingang den Organisator, bezahlten ihre Standgebühr und erhielten einen Zettel mit der genauen Beschreibung ihres Verkaufsplatzes. Dann schleppten sie den Tapetentisch und einige große Sachen dorthin und bauten den Tisch auf. Während Monika die Artikel dekorativ hinlegte und darauf aufpasste, musste Klaus noch mehrmals zum weit entfernt geparkten Auto latschen und Kartons heranschleppen. Er fluchte, weil er nicht an einen Transportwagen gedacht hatte.

In der ersten Stunde gingen die begehrtesten Artikel weg. Allerdings mussten die zwei betroffen registrieren, dass sie für ihre Sachen viel weniger Geld bekamen, als erhofft. Nachdem sie dreimal heruntergehandelt worden waren, stand Klaus auf und drehte eine Runde über den Markt, um die Preise der Konkurrenz zu untersuchen. Er kam frustriert zurück. Wenn sie weiterhin etwas loswerden wollten, dann mussten sie ihr angepeiltes Preisniveau schnell nach unten korrigieren.

Vormittags wurde es sehr voll, und den beiden schwirrte der Kopf vor lauter Preisanfragen der vielen Besucher. Hätten sie doch nur Schreiber und Klebeband mitgenommen, um damit Preisschilder anzufertigen! Erst gegen Mittag kehrte etwas Ruhe ein, und Klaus konnte bei einem Imbißstand Würste mit Pommes frites und Getränke holen.

Als Monika und Klaus ihr spärliches Mittagessen fast vermampft hatten, hörten sie eine bekannte, leierige Stimme.

„Na, ihr zwei beide?! Seid ihr unter die Markthöker gegangen?"

Ausgerechnet diese Elvira! Sie ging Hand in Hand mit einem schmierigen Typen, den Monika auf Anhieb unsympathisch fand und in die Schublade ‚Zuhälter' einordnete. Er hatte ungepflegte, fettige Haare und trug Goldkettchen um Hals und Handgelenke.

„Wir haben mal ausgemistet", erklärte Klaus und starrte neugierig ihren Begleiter an.

„Übrigens, darf ich vorstellen?" beantwortete Elvira die fragenden Blicke. „Das ist mein Freund Alfred! Und jetzt verrat' ich euch 'was: Wir machen uns bald selbständig! Wir werden Unternehmer!"

Klaus lag die Frage auf der Zunge, ob sie ein Sex-Kino eröffnen wollten. Zum Glück kam Monika dazwischen.

„Ach?! Womit denn?"

„Mit einem Taxenbetrieb!" antwortete Elvira wichtigtuerisch. Sie sprach es aus wie ‚Tack-ssen-beh-triep'.

Alfred zupfte Elvira an der Hand, um ihr zu zeigen, dass es ihm nicht passte, wenn sie anderen Leuten von dem Plan erzählte. Aber Elvira, schwer von Begriff, bemerkte das nicht.

„Kostet so eine Taxe nicht einen Haufen Geld?" erkundigte sich Monika.

„Na und?! Ich hab' da eine tolle Bank ausfindig gemacht, da hab' ich 10.000 Mark Kredit bekommen!"

Monika und Klaus verschlug es die Sprache.

Nachdem dieser Alfred endlich Elvira weitergeschleift hatte, blickten sich Monika und Klaus empört an.

„Wie kann das angehen, dass diese Schnepfe bei einer Bank 10.000 Eier Kredit bekommt, und wir nicht?" ereiferte sich Klaus.

„Weiß' nicht, vielleicht hat ihr Macker nachgeholfen", antwortete Monika. „Aber wieso Taxe fahren? Ich hätte nie gedacht, dass die versoffene Spinatwachtel einen Führerschein besitzt!"

Tief betroffen von den Ungerechtigkeiten der Finanzwelt

versuchten sie Nachmittags wieder, ihren Ramsch an die Leute zu bringen. Aber das Publikum erwies sich als ausgesprochen wählerisch und geizig. So hatten sie am Ende der Veranstaltung etwa 250 Mark eingenommen und besaßen noch 70% ihres Gerümpels, das sie nun, völlig erschöpft, wieder nach Hause in den Keller schleppen durften. Zog man die 60 Mark Standgebühr ab, so blieben ihnen netto 190 Mark.

,Noch 28 solche Veranstaltungen, und wir haben genug Geld beisammen', rechnete Monika verbittert aus.

Montag begann nach dem anstrengenden Wochenende wieder eine lange, graue Arbeitswoche. Monika und Klaus saßen deprimiert am Frühstückstisch.

„Tja, heute Nachmittag müssen wir dann ja wohl zum Autohaus und beichten gehen!" brach Klaus das Schweigen.

„Und was wollen wir denen sagen?" kreischte Monika panisch. „'Tut uns leid, wir sind für die Bank nicht mehr kreditwürdig, aber vielleicht geben Sie uns ein Darlehen?' Wenn wir sagen, dass wir nur 100 oder 200 Mark im Monat abzahlen können, dann lassen die doch gleich..." Mitten im Satz brach sie ab und starrte geradeaus ins Leere. Klaus glotzte seine Frau verwundert an.

„Was'n los? Hast du 'ne Eingebung von den Lottozahlen, oder was?"

„Nee, aber 'ne Idee!" strahlte Monika. Ihr panisch verzerrter Gesichtsausdruck war wie weggeblasen.

„Nun komm schon 'raus damit!" drängelte Klaus ungeduldig.

„Wir haben doch gestern diese Elvira getroffen", begann Monika langatmig, ihre Idee genießend.

„Ja, und? Was ist denn mit dieser Tusnelda?"

„Und wir haben uns doch geärgert, als sie erzählt hat, sie hätte bei einer Bank 10.000 Mark geliehen bekommen."

„Na, das ist ja auch zum Kotzen! Wenn jemand unseriös aussieht, dann doch wohl diese Schnapsdrossel und ihr Piephahn!"

„Vielleicht stellen sich ja nicht alle Banken so an, wie unsere?" präsentierte Monika ihren Einfall. „Wie wäre es denn, wenn wir Elvira fragen, bei welcher Bank sie gewesen ist, und dann dort auch mal unser Glück versuchen? Und als kleine Hilfe (sie grinste sadistisch) brauchen wir ja von unserem anderen Kredit nichts zu sagen."

Klaus rieb sich nachdenklich sein unrasiertes Kinn.

„Das käme auf einen Versuch an. Aber das mit dem Kredit nicht sagen ist gefährlich. Ich glaube, die Banken arbeiten da zusammen und können sich schlau machen, ob man noch woanders Schulden hat."

„Was wir sagen, können wir uns ja noch überlegen. Aber erstmal brauchen wir den Namen von ihrer Bank! Heute Nachmittag passe ich sie ab und leier' ihr die Adresse 'raus. Dann mache ich da einen Termin aus. Und wenn wir da hingehen, ziehen wir uns fein an, so wie für's Theater. Wollen doch mal sehen, ob wir nicht den besseren Eindruck machen!"

Ausgesprochen zuversichtlich, weil sich wieder ein Silberstreif am Horizont abzeichnete, gingen Monika und Klaus zur Arbeit.

Als Monika Mittags nach Hause kam, war sie drauf und dran, bei Elvira zu klingeln, um sie auszufragen. Aber dann überlegte sie es sich anders. Vielleicht schlief Elvira gerade und wäre wenig hilfsbereit, wenn man sie störte. Nein, das Treffen musste schon wie zufällig wirken.

Monika stand zehn Minuten an der geöffneten Wohnungstür und lauschte ins Treppenhaus, ob Elvira vielleicht die Wohnung verließ. Nichts rührte sich, außer Monikas Beinen, die allmählich weich wurden. Sie holte sich schnell einen Küchenstuhl und bezog wieder Posten.

Nach weiteren zehn Minuten wurde ihr die Sache zu dämlich. Auf diese Weise konnte sie nicht den ganzen Nachmittag verbringen! Im Schlafzimmer wartete ein großer Berg

Bügelwäsche.

Monika baute sich auf dem Flur das Bügelbrett auf und verzichtete auf ihr übliches Radiogedudel aus dem Wohnzimmer. Sie wollte auf keinen Fall Elviras zuklappende Wohnungstür überhören.

Nach einer dreiviertel Stunde ging sie in die Küche, um sich einen Kaffee aufzubrühen. Ein zufälliger Blick aus dem Fenster ließ sie fast auf den Hintern fallen: Gerade ging dort Elvira aus dem Haus, mit einer Einkaufstasche in der Hand!

Monika hätte sich ohrfeigen können. Wie konnte sie nur Elviras Türklappen überhören?! Sie schaltete das Bügeleisen aus, stellte den Mülleimer griffbereit an die Wohnungstür und bezog am Küchenfenster Posten mit dem festen Vorsatz, dass ihr Elvira nicht noch einmal durch die Lappen gehen sollte. Schließlich musste sie von ihr unbedingt die Adresse der Bank haben!

Nach einer halben Stunde endlosen und ungeduldigen Wartens kam Elvira endlich schwerfällig die Straße entlang. Monika rannte zur Tür, schnappte sich ihren Schlüssel und den Mülleimer, damit es so aussah, als wollte sie gerade zum Abfallcontainer und ging ins Treppenhaus. Sie hörte, wie unten die Haustür aufgeschlossen wurde.

Sie ging ein Stockwerk hinunter, um Elvira vor ihrer Wohnungstür zu treffen. Ganz unten wollte sie kein Gespräch über Geldsorgen anfangen, denn dort wohnten die neugierigen Brausemüllers, ein Rentnerehepaar, das den ganzen Tag nichts Besseres zu tun wusste, als die Straße zu beobachten und alles Neue weiterzutratschen.

Langsam kam Elvira die Treppe hochgeschlichen. Fast hätte Monika die Sache abgeblasen und wäre wieder hochgerannt, weil ihr schlagartig einfiel, dass sie sich ihren Text überhaupt nicht zurechtgelegt hatte. Wie sollte sie nur schnell das Gespräch beginnen? Zur Flucht war es zu spät, denn Elvira hatte die Etage erreicht. Aus ihrer Einkaufstasche sah Monika einige Flaschenhälse von hochprozentigen Artikeln herausragen.

„Tach, Elvira! Schönes Wetter heute, was?" Monika kam sich vor, wie eine Schmierenkomödiantin.

Elvira glotzte sie verträumt grinsend an und sagte nichts.

‚Fehlt bloß noch, dass die wieder blau ist!' dachte Monika. ‚Früher hat die wegen ihres beschissenen Lebens gesoffen, und jetzt muss sie ihre rosige Zukunft begießen!' In alkoholisiertem Zustand würde Monika aus Elvira wahrscheinlich nichts herausbekommen.

„Ja, ja", leierte Elvira unverhofft und kramte in ihrer Jackentasche nach dem Wohnungsschlüssel. „Das... nützt... mir... leider... nichts. Ich... muss... ja... zur... Arbeit. Aber... nur... noch... ein... paar... Tage!"

Um das mühsame Gespräch abzukürzen, ging Monika zum Frontalangriff über.

„Wir brauchen Geld für die Autoreparatur. Du hast doch von einem Kredit für die Taxe erzählt. Bei welcher Bank warst du denn?"

Elvira stierte Monika wieder schweigend aus ihren tränensackverzierten Augen an, als hätte sie kein Wort verstanden.

„Oder ist das geheim?" erkundigte sich Monika ängstlich.

„Quatsch!" blubberte Elvira. „Komm rein! Ich... schreib... es... dir... auf."

Sie öffnete die Wohnungstür. Auf dem Flur stand neben einem Schränkchen eine ganze Batterie leerer Cognac-, Wein- und Wodkaflaschen.

Elvira nahm einen Notizblock von dem Schränkchen, schrieb etwas darauf, riss den Zettel ab und überreichte ihn gönnerhaft an Monika. Die nahm ihn ehrfürchtig in Empfang wie einen wertvollen Scheck. Elvira hatte notiert:

TBB
Tel. 909 18 24

„Erzählt doch mal, ob es ge...klappt hat!" bat Elvira leierig.

„Zu uns waren die... ganz... nett."

„Mach' ich!" versprach Monika. Sie hatte es jetzt eilig, hier hinaus und an ihr Telefon zu kommen. Sie bedankte sich bei Elvira und rannte mit dem vollen Mülleimer wieder in die Wohnung hoch. Elvira bemerkte es nicht.

Sie wusste zu diesem Zeitpunkt noch nicht, dass sie nur noch einen Tag zu leben hatte.


In ihrer Wohnung warf Monika die Tür hinter sich zu, ließ den Mülleimer fallen, dass er umkippte und stürzte ans Telefon. Mit fliegenden Fingern wählte sie die aufgeschriebene Nummer.

Nach drei unglaublich langen Ruftönen wurde am anderen Ende der Hörer aufgenommen.

„TBB, Grinsly", meldete sich eine angenehme, tiefe Stimme. Monika musste wegen des eigenartigen Namens für eine Zehntelsekunde lächeln.

„Ja... guten Tag, mein Name ist Pleitner", stotterte sie. „Ich habe Ihre Telefonnummer von einer... äh... Bekannten. Sie sind mir empfohlen worden. Es geht um einen Kredit, also, wir wollten mal fragen, ob wir bei Ihnen für eine gewisse Zeit Geld leihen können. Wir sind da nämlich in der Klemme..."

„Wann könnten Sie denn zu uns kommen?" fragte der Bankangestellte mit der beruhigenden, tiefen Stimme. Monika überlegte schnell. Donnerstags hatten die Banken doch üblicherweise Schlado (*scheiß-langer Donnerstag*), also bis 18.00 Uhr geöffnet. Sie schlug den Donnerstagnachmittag vor und fragte nach der Adresse. Der Bankier mit der sympathischen Stimme erklärte ihr, wo die Bank lag und notierte sich den Gesprächstermin für Monika und Klaus. Er stellte nicht eine einzige Frage nach ihren finanziellen Verhältnissen oder nach der Ursache für ihre Finanzmisere.

Als der Hörer wieder auf der Gabel lag, sackte Monika erschöpft und beruhigt auf dem Sessel zusammen.

## 5. Eine ungewöhnliche Bank

Am Donnerstagnachmittag fuhren Monika und Klaus zu der Bank. Klaus war extra etwas früher von der Arbeit gekommen, weil er damit rechnete, dass die Bearbeitung wegen ihrer schwierigen Verhältnisse längere Zeit in Anspruch nehmen würde. Eingezwängt in weißes Oberhemd, Schlips und Anzug fühlte er sich überhaupt nicht wohl.

Die Bank lag an einer vierspurigen Hauptverkehrsstraße, auf deren beiden Seiten sich Ladengeschäfte aller Art mit darüber liegenden Mietwohnungen befanden. Entsprechend stark strömte der Autoverkehr und die Zahl der mit Einkäufen beschäftigten Fußgänger.

Mit viel Mühe quetschte Klaus den Opel Astra in die einzige freie Lücke auf dem Parkstreifen zwischen Fahrbahn und Radweg. Nach dem Aussteigen legten sie die paar Schritte zur Bank zurück und blieben erstmal verwundert vor dem Schaufenster stehen.

Das Geldinstitut wirkte dermaßen grau und unauffällig, dass alle anderen Passanten achtlos daran vorbeigingen. Im Schaufenster lagen nur ein paar von der Sonne verblichene Listen mit Zinstabellen für Spareinlagen sowie mit Aktienkursen. Dahinter hingen ineinander verschachtelte graue Milchglasscheiben an Ketten von der Decke, so dass man keinen Blick in das Innere der Bank werfen konnte. Über dem Schaufenster stand in schmutzig-blauen Neongroßbuchstaben das Wort BANK. Nicht etwa ‚Deutsche Bank' oder ‚Vereinsbank', sondern ganz einfach nur BANK. Der ganze Laden wirkte so, als wäre er etwa 1960 eröffnet und seitdem nie wieder renoviert worden. Wenn Monika und Klaus nicht durch die Milchglasscheiben gesehen hätten, dass drinnen Licht brannte, hätten sie annehmen müssen, dass das Geschäft seit einigen Jahren geschlossen wäre.

Während der ganzen Zeit, in der sie das Auto parkten, ausstiegen und die Bank von außen betrachteten, ging nicht ein einziger Kunde hinein oder heraus.

„Haben die zu, oder was?" fragte Klaus ärgerlich, ohne dabei die gespenstisch-graue Schaufensterscheibe aus den Augen zu lassen. Im Innersten wünschte er, dass die Eingangstür verschlossen wäre, damit sie einen Grund hatten, wieder zu verschwinden. Irgendwie fürchtete er sich vor dieser anonymen Bank. Sie strahlte nicht nur etwas Ungepflegtes, sondern auch etwas Unheimliches aus.

Monika verspürte keine Furcht, sondern eher Neugier. Zielstrebig ging sie zur Eingangstür (natürlich auch mit einer Milchglasscheibe) und drückte sie nach innen auf.

Sie gelangte in einen etwa zwei Quadratmeter großen Vorraum mit einer zweiten Eingangstür (natürlich auch mit einer Milchglasscheibe). Diese Anordnung sollte sowohl vor Zugluft schützen als auch Bankräubern die Flucht erschweren. Klaus folgte ihr widerwillig. Genauer gesagt: Er zog seine Füße hinter sich her.

Als die erste Tür wieder zuklappte, öffnete Monika die zweite, und die beiden betraten die Schalterhalle.

Ihr erster Blick fiel auf den neuwertigen, grün-braun gemusterten Velourstteppich.

Als Nächstes nahmen sie die Inneneinrichtung aus dunklem Eichenholz wahr. Ganz rechts befand sich die mit bis zur Decke reichendem Panzerglas geschützte Kasse. Danach kamen noch zwei Schalterplätze ohne Panzerglas, hinter denen zwei Schreibtische und an der Wand zwei Aktenschränke standen. Ein Stück von der Schalterreihe entfernt stand im Hintergrund noch ein großer L-förmiger Schreibtisch.

Und dann erblickten sie die Bankangestellten an ihren Arbeitsplätzen.

Monika und Klaus mussten feststellen, dass die Ihnen empfohlene Bank nicht von Menschen betrieben wurde.

Hinter dem Panzerglas sahen sie die Kassiererin, eine freundlich lächelnde Bärin in einem blau-weiß geblümten Kleid. Mit ihren Vordertatzen zählte sie gerade ein dickes Bündel Geldscheine durch.

Hinter dem nächsten Schalter saß an einem Schreibtisch eine junge Bärin in einem hübschen gelben Kleid und tippte mit den Krallen ihrer Vordertatzen auf einer Schreibmaschine einen Brief. Sie lächelte genau so freundlich, wie die Kassiererin. Nur der rote Lippenstift passte nicht recht zu ihrem braunen Fell. Auf einem Namensschild an ihrem Kleid stand:

Bärona Fellbusch
Auszubildende

Während sie den Brief schrieb, hoffte sie, dass der Direktor sie nicht wegen allzu vieler Grammatikfehler tadeln und alles noch einmal abschreiben lassen würde. Die Rechtschreibung war nicht ihre starke Seite.

Am nächsten Schalter saß ein junger Teddybär mit einem weißen Oberhemd und einer grünen Krawatte und studierte einige Akten. Er trug eine silberne Brille mit runden Gläsern. Allerdings waren die Bügel länger als üblich, weil seine halbrunden Fellohren ja ziemlich weit oben auf dem Kopf saßen. Hinter seinem rechten Ohr klemmte noch ein Bleistift. Ein silberglänzendes Schild mit schwarzer Schrift, das auf dem Tresen stand, stellte auch ihn vor:

Dagobärt Logarhythmus
Kredit-Sachbearbeiter

An der Wand hinter den Schaltern stand ein großer Fotokopierer. Davor kniete ein Teddy in einer Latzhose mit der Aufschrift eines Kundendienstbetriebes und zerlegte mit konzentriertem Gesichtsausdruck den Apparat Stück für Stück in seine Bestandteile. Neben ihm stand auf dem Fußboden sein aufgeklappter Werkzeugkoffer. Darin waren verschieden große Halteschlaufen für die einzelnen Werkzeuge. Rechts in den kleinsten Schlaufen befanden sich diverse Schraubendreher. Dann folgten ein Hammer und verschiedene Zangen, und in den beiden größten Schlaufen ganz links steckten ein elektronisches Messgerät und - offenbar für die Mittagspause - ein Honigglas und ein Teelöffel.

Es wäre jetzt der richtige Zeitpunkt gewesen, einige Fragen zu stellen. Zum Beispiel, warum man noch nie etwas von dieser Bank gehört hatte. Oder warum noch nie jemand die Bären morgens hatte zur Arbeit kommen sehen. Oder was die Teddys so emsig und begeistert taten. Denn Monika und Klaus hielten sich als die einzigen Kunden in der Bank auf.

Aber trotz der - untertrieben ausgedrückt - eigenartigen Umstände wollten sie keineswegs auf dem Absatz kehrtmachen und schleunigst hinausrennen. Die freundliche, fast schon liebevolle Atmosphäre ergriff von ihnen Besitz. Besonders Monika glaubte fest, dass sie hier die benötigte Hilfe für ihr Problem finden würden.

Hinter dem letzten Schreibtisch stand jetzt offenbar der Direktor auf und kam auf die beiden zu. Er war ein mächtiger Bär mit dem gleichen freundlichen Grinsen, wie seine Mitarbeiter. Er trug ein weißes Oberhemd mit grauer Krawatte und einen dunklen Anzug mit Weste. Am Jackettrevers steckte ein Namensschild mit der Aufschrift:

Bärtram Grinsly
Direktor

Klaus stellte überrascht fest, dass unten aus den Hosenbeinen die nackten braunen Fellpfoten mit üppigen Krallen herausschauten, die auf dem dicken Teppich aber keinerlei Geräusch verursachten.

„Guten Tag! Frau und Herr Pleitner?" begrüßte er sie mit angenehmer tiefer Stimme. Monika erkannte sie wieder, es war die Stimme, mit der sie am Montag telefoniert hatte.

„Guten Tag, Herr Grinsly!" sagte sie und schüttelte ihm zur Begrüßung die Vordertatze. Klaus folgte etwas widerstrebend ihrem Beispiel.

„Haben Sie gut hergefunden?" erkundigte sich der Direktor besorgt.

„Ja, schon", antwortete Monika, "Aber mit Parkplätzen ist das hier ja fürchterlich!"

„Ein kleiner Tipp, falls Sie uns mal wieder beehren", sagte der Direktorteddy mit freundlichem Grinsen. „Neben dem Schaufenster ist eine Toreinfahrt, dadurch kommen Sie auf den Hinterhof, und dort sind unsere Parkplätze. Wenn Sie mir jetzt bitte folgen wollen!" bat er sie und führte sie zu seinem Arbeitsplatz. Als Monika und Klaus sich gesetzt hatten, nahm er ebenfalls hinter dem Schreibtisch Platz.

„Wenn ich recht informiert bin, geht es um eine gewisse Geldverlegenheit?" eröffnete Herr Grinsly (*Herr* Grinsly?!) dezent das Gespräch.

„Ja, wissen Sie, das ist so...", suchte Klaus nach einem Aufhänger, „ich hatte vor einiger Zeit einen Verkehrsunfall... mit dem Auto.... Ich hatte die Schuld, deswegen müssen wir die Reparatur selber bezahlen. Wir haben aber nicht so viel Gespartes, weil... das Auto haben wir auf Abbezahlung gekauft, und da haben wir noch einen Kredit bei der Bank laufen, und deswegen wollen die uns nicht noch einen geben. Und die Werkstatt hat uns schon eine Mahnung geschickt. Aber ich brauche den Wagen beruflich. Wir müssen also unbedingt die Reparaturrechnung bezahlen. Und für einen kleinen Überbrückungskredit hat man uns Ihre... äh... Bank empfohlen."

Der Direktorteddy mit dem freundlichen Grinsen richtete seinen Blick für einen Moment an die Decke. Dann sah er wieder Monika und Klaus an.

„Um welchen Betrag handelt es sich denn?"

„So ungefähr 6.000 Mark."

„Nun, ich denke, das dürften wir hinkriegen", meinte der Direktor zuversichtlich. „Mein Kollege (er wies mit der Vordertatze auf den jungen Bären mit der Brille) wird jetzt einige Auskünfte über Ihre finanziellen Verhältnisse aufnehmen und die Sache dann durchrechnen."

Er führte Monika und Klaus zu dem jungen Sachbärarbeiter an den Schalter. Der blickte die beiden durch seine Brille neugierig, aber freundlich an.

„Darlehen 6000, geht das in Ordnung?" informierte ihn der Direktor und kehrte dann wieder an seinen Schreibtisch zurück.

Der junge Teddy mit der Brille holte einen Fragebogen aus einer Schublade und interviewte Monika und Klaus über ihre Einkommen und ihre laufenden Ausgaben, wie Miete, Versicherungen, Darlehensraten, Autokosten und wie viel sie monatlich zurückzahlen könnten. Alle Angaben schrieb er mit dem Bleistift, den er hinter seinem Fellohr hervorgeholt hatte, in das Formular.

Dann fing er an, zu grübeln, kritzelte zwischendurch ab und zu etwas auf einen Zettel und tippte einige Berechnungen in einen Taschenrechner.

Monika blickte derweil auf seinen fellbezogenen Kopf und fand, dass der mit den oben angebrachten Puschelohren ausgesprochen niedlich aussah. Sie hätte den Teddy gern zwischen den Ohren gekrault, um zu prüfen, ob sich sein Fell struppig oder flauschig anfühlte. Aber irgendwie traute sie sich doch nicht. In einer normalen Bank würde sie ja schließlich auch nicht dem Schalterangestellten in der Frisur herumwuseln. (*Nicht wahr, Monika? Du gibst also zu, dass dies hier gewiss keine normale Bank ist?!*)

Klaus blickte inzwischen unauffällig auf die linke Vordertatze des Bären und stellte überrascht fest, dass der eine teure ‚Lange-Glashütte'-Armbanduhr trug. Die hatte er vorher gar nicht bemerkt, weil sie halb im Fell versunken war.

„Ich habe das mal durchgerechnet", unterbrach der Bankbär die Gedanken von Monika und Klaus. „Sie müssten bei einem Kredit von 6.000 Mark 24 Monatsraten zu 300 Mark zurückzahlen."

Monika und Klaus blickten sich gegenseitig fragend an. Beide rechneten im Kopf schnell aus, dass sie dann 7.200 Mark zurückgezahlt hätten. Naja, 1.200 Mark Zinsen in zwei Jahren entsprachen 50 Mark im Monat. Das erschien ihnen annehmbar, auch wenn sie die monatliche Rate von 300 Mark erstmal verdauen mussten.

Beide nickten sich zum gegenseitigen Einverständnis kaum wahrnehmbar zu. Dann wandten sie sich wieder an den Schalterangestellten.

„Einverstanden!" sagte Klaus. „Wir nehmen den Kredit."

Der Bär hatte das kurze Zögern und die gegenseitigen fragenden Blicke von Monika und Klaus bemerkt.

„Wenn Sie zwischendurch unerwartet zu Geld kommen, können Sie natürlich eine Sonder-Rückzahlung leisten. Dann müssten Sie nur kurz hereinschauen, damit wir die Laufzeit der normalen Einzugsermächtigung entsprechend verkürzen."

„Aber klar!" fiel es Monika plötzlich ein. „Anfang Dezember bekommen wir ja Weihnachtsgeld. Dann könnten wir ungefähr 1.000 Mark auf einmal abtragen!"

Der Teddy kratzte sich nachdenklich zwischen den Fellohren.

„Im Dezember geht es leider nicht!" sagte er mit bedauernder Miene. „Da ist die Bank wegen Winterschlaf geschlossen."

„Na, macht nichts", antwortete Monika, „dann machen wir die Rückzahlung im März!"

Beide nahmen die Auskunft des Bären so selbstverständlich hin, als habe er ihnen erklärt, die Bank sei zu Pfingsten geschlossen.

Nachdem Monika und Klaus den Darlehensantrag unterschrieben hatten, wurden sie vom Schalterangestellten zur Kasse geleitet, wo die Bärin im geblümten Kleid ihren

Dienst versah.

Gleich hinter der Panzerglasscheibe stand auch ein silberglänzendes Namensschild mit schwarzer Schrift:

Bärgit Plauz
Kassiererin

und daneben ein Bilderrahmen mit einem Farbfoto. Es zeigte einen kleinen breit grinsenden Teddy in kurzen Hosen mit einer Schultüte neben einer Schiefertafel, auf der mit Kreide geschrieben stand: ‚Mein erster Schultag in der Baumschule'.

„Guten Tag!" begrüßte die Kassiererin sie freundlich. „Sie bekommen den Kredit? Sind da ein paar neue Möbel geplant?"

Sie zählte mit den Vordertatzen die 6.000 Mark ab und schob das Geldscheinbündel durch den Schlitz unten in der Trennscheibe.

„Nein, nein!" antwortete Monika lachend, während Klaus die Scheine eilig in seine linke Hosentasche stopfte. „Wir brauchen das Geld für die... für das Auto. Unsere Wohnung haben wir erst vor zwei Jahren bezogen und eingerichtet, bei unserer Hochzeit. Darum sind unsere Ersparnisse im Moment auch aufgebraucht."

Die Kassenbärin nickte mitfühlend.

„Jaja, es ist heute schon schwer, eine günstige Wohnung bzw. Höhle zu finden", plauderte sie drauflos. „Wir haben mächtig Glück gehabt, wir konnten gleich nach unserer Hochzeit günstig eine Höhle mieten, der Vorbär ist nämlich ausgezogen. Ich verstehe nicht, wie der sich mit einer Eisbärin einlassen konnte. Naja, ist ja seine Sache, jedenfalls haben die beiden geheiratet und sind nach Grönland gezogen, und wir hatten erstmal unsere Zwei-Kammer-Höhle, eine Wohnhöhle und eine Schlafhöhle. In der Hinsicht sind wir ja besonders anspruchsvoll, wissen Sie. Schließlich muss das Ding ja winterschlafgeeignet sein."

„Interessant!" quietschte Monika, die immer gern hörte, wie sich andere Leute (*Leute?!*) einrichteten. „Mich würde mal interessieren, haben Sie auch Badezimmer, so wie wir?"

„Aber nein!" lachte die Kassiererin. „Wir waschen uns alltags im Fluss. Und einmal pro Woche leisten wir uns einen Besuch in der TWA."

„Ach?! Was ist denn das?"

„Na, die neue Teddybärenwaschanlage! Sie müssen sich das so ähnlich vorstellen, wie eine Kombination aus Sauna und Autowaschanlage. Wenn man 'reinkommt, wird zuerst das Fell mit einem Staubsauger vorgereinigt. Dann setzt man sich auf so ein Fließband und wird durch die Waschhalle gefahren. Erst kommt die Schwitzkammer, dann die Eisdusche und hinterher die warme Dusche, dann Düsen für Shampoo, dann solche rotierenden Bürsten, das ist gleichzeitig eine gute Massage, danach wird man abgeduscht, und zum Schluss ist da ein riesiger Fön. Am Ende kommen dann blitzsaubere Bären heraus."

„Das ist ja praktisch!" begeisterte sich Monika. „Besonders, wenn man kleine Kinder hat, die sich jeden Tag beim draußen Spielen so einsauen. Haben Sie Kinder?"

„Ja, das ist unser Kleiner!" strahlte die stolze Teddymama und zeigte mit der Kralle auf das Farbfoto. „Als er geboren wurde, hat mein Mann erstmal die Höhle tiefer gegraben. Der ist nämlich von Beruf Erdbär, er arbeitet beim Höhlenbau. Jetzt haben wir auch noch eine Kleinbärhöhle. Haben Sie auch Kinder?"

„Noch nicht", antwortete Monika, „wir wollten erstmal ein Nest bauen und ein paar Reisen machen. Mit einem Kind muss man da ja einige Jahre drauf verzichten."

„Das ist es ja eben!" stimmte die Bärin eifrig zu. „Man ahnt ja nicht, was nur die Klamotten kosten. Wir haben zum Glück viel gebrauchtes Zeug von Bekannten günstig bekommen. Aber das Kleid, das ich anhabe, musste ich in einem Spezialgeschäft kaufen, wegen der Konfektionsgröße."

„Aber das steht Ihnen gut!" lobte Monika. "Wissen Sie zufällig, ob es das auch in meiner Größe gibt?"

Klaus verdrehte völlig genervt die Augen zur Decke. Typisch für die Weiber, über allen möglichen unwichtigen Kram endlos zu schwatzen. Er wusste genau, welche Themen jetzt noch drankommen würden. Wohnung und Kinder waren abgehakt, jetzt ging das Gespräch über Klamotten, und danach wären Frisuren und Kosmetik an der Reihe.

Während Monika mit Frau Plauz (*Frau* Plauz?!) tatsächlich über Kosmetik schwatzte („Das neue Bärnell - ganz speziell für Bärenfell"), schweiften seine Gedanken in höhere Sphären.

Die 6000 Mark glühten in seiner Hosentasche wie Kohlen und verursachten ein beinahe schon reales Schmerzempfinden an seinem Oberschenkel. Er konnte es nicht erwarten, seinen geheimen Plan endlich in Angriff zu nehmen. Er hatte nämlich keineswegs vor, 5600 Mark davon der Kfz-Werkstatt in den Rachen zu werfen, und dann zwei Jahre daran abzubezahlen. In einem Zeitungsartikel über Schuldnerberatung hatte er neulich gelesen, dass sich erstaunlich viele Gläubiger mit der Hälfte der Schuldsumme zufrieden geben, wenn man ihnen glaubhaft versichert, nicht mehr leisten zu können. Er würde also der Werkstatt 3000 Mark zahlen. Dann würden die wegen der restlichen 2600 Mark erstmal einige Zeit Ruhe geben. Und die 3000 Mark, die er dann vom Kredit noch übrig behielt, wären das Startkapital für eine bessere Zukunft. Vermehren würde er das Geld durch sein geniales Roulette-System!

Als (selbsternannter) Fachmann kannte er sich durch den Bericht seines Arbeitskollegen mit den Spielregeln aus. Man konnte seinen Einsatz nicht nur auf die Zahlen 0 bis 36 setzen, sondern auch auf alle roten oder alle schwarzen sowie auf die geraden bzw. die ungeraden Zahlen. Daneben gab es noch verschiedene andere Möglichkeiten, z.B. auf das erste, das zweite oder das dritte Dutzend zu setzen, also auf die Zahlen 1 bis 12, 13 bis 24 oder 25 bis 36. Er wusste, dass der

Gewinn bei den Dutzenden den doppelten Einsatz betrug.

Sein Plan sah nun folgendermaßen aus: Er würde auf das erste und auf das zweite Dutzend je 100 Mark setzen und damit zwei Drittel aller Zahlen abgedeckt haben. Wenn jetzt z.B. die 5 fiel, dann hätte er mit dem ersten Dutzend 200 Mark gewonnen und mit dem zweiten Dutzend 100 Mark verloren. Unter dem Strich hatte er also bei jedem Spiel eine Zweidrittelchance, 100 Mark zu gewinnen. (Dass die Wahrscheinlichkeit, 200 Mark zu verlieren, ein Drittel betrug, verdrängte sein benebelter Verstand völlig). Und wenn er in zehn Spielen je 100 Mark gewonnen hätte, würde er die Einsätze auf 200 Mark steigern. Dann hätte er bereits nach fünf erfolgreichen Spielen den zweiten Tausender gewonnen. Von da ab würde er mit 500-Mark-Einsätzen arbeiten, wodurch er nach nur zwei positiven Durchläufen (und nur solche kamen in seinen Gedanken vor) weitere 1000 Mark eingenommen haben würde. Nach 17 Spielen, also in höchstens eineinhalb Stunden, hätte er also die 6000 Mark wieder beisammen und könnte sie diesen haarigen Biestern vor ihre erstaunten Schnauzen klatschen, ohne 1200 Mark Zinsen abzudrücken. Und die Lappalie mit den noch fehlenden 2600 Mark für die Autowerkstatt ließe sich dadurch lösen, dass er nur dreimal mit 1000-Mark-Einsätzen arbeitete, was ihm nebenbei am Spieltisch auch eine gehörige Portion Beachtung einbringen würde.

Er hätte jetzt gerne die Bank verlassen. Das Wichtigste war ja erledigt, der Zaster steckte in seiner Tasche. Ein unheimliches Gefühl der Bedrohung ergriff von ihm Besitz, weil er durch die Milchglasscheiben nicht nach draußen sehen konnte. Er hörte nur gedämpft Autos vorbeifahren und die Schritte von vorübergehenden Fußgängern. Zu gerne hätte er gewusst, ob draußen noch normale Menschen verkehrten, oder ob dort inzwischen auch nur Bären vorbeigingen oder in den Autos und Bussen saßen.

Monika und die Kassiererin diskutierten inzwischen tatsächlich über Frisuren.

„Lassen Sie Ihr Fell denn auch beim Friseur pflegen?" wollte Monika gerade neugierig wissen.

„Um Gottes Willen!" antwortete die Bärin. „Das habe ich ein einziges Mal probiert. Das war vielleicht ein Reinfall! Als ich den Salon betrat, sind alle Kunden und Angestellten verschreckt zur Hintertür 'rausgerannt. Nur so ein freches Lehrmädchen hat mich kaugummikauend von oben bis unten gemustert und dann gefragt: ‚Nur der Kopf oder das ganze Fell?' Da bin ich wieder verschwunden."

Monika musste über diese Schilderung herzlich lachen und empfahl der Kassenbärin ihren Friseur. Währenddessen dachte Klaus wieder ungeduldig an die 6000 Mark in seiner Tasche und wie viel er daraus machen wollte.

Endlich hatten Monika und die Kassiererin alle Themen erschöpfend ausdiskutiert und verabschiedeten sich langatmig voneinander. Der Direktor, der den Aufbruch bemerkte, erhob sich wieder von seinem Bürostuhl und kam mit freundlichem Grinsen auf Monika und Klaus zu.

„Ist alles zu Ihrer Zufriedenheit geregelt?" erkundigte er sich teilnahmsvoll.

„Ja, ja", antwortete Klaus schnell, „wir sind Ihnen sehr dankbar."

„Na, prima!" freute sich der Direktorteddy, „Dann darf ich mich von Ihnen verabschieden und beruhigt zum Mittagessen gehen."

Er reichte Monika und Klaus zum Abschied wieder die Vordertatze und ging dann zu einer Tür neben dem Eingang, auf der ‚Zur Kantine' stand. Als er die Tür öffnete, konnte man gleich dahinter eine Treppe sehen, die in den Keller der Bank führte. Leckerer Bratengeruch drang nach oben, aber obwohl Monika gut kochen konnte und viele Rezepte kannte, hätte sie nicht sagen können, was es heute bei den Bankierbären zu essen gab.

Vielleicht hätte sie die Kassiererin auch danach fragen sollen.

Klaus fühlte sich ungemein beruhigt, als er auf der Straße wieder normale Menschen gehen und in den Autos sitzen sah. Von außen sah die Bank jetzt wieder genau so grau, unauffällig und passiv aus, wie vorher.

„Also, die waren doch wirklich nett!" sagte Monika erleichtert zu Klaus. „Ich fühle mich hier gut bedient."

„Richtig! Wenn ich daran denke, wie wir bei der anderen Bank abgefertigt worden sind!"

Keiner von beiden verlor ein Wort über die bizarre Belegschaft der Bank. Alles, was in der letzten halben Stunde geschehen war, nahmen sie als selbstverständlich hin. Es schien so, als ob sie eine Gehirnwäsche der besonderen Art erfahren hätten.

## 6. Gespielt und verloren

Am Freitagmorgen stieg Klaus nach einer unruhigen Nacht mit einer Mischung aus Vorfreude, Angst, Tatkraft und schlotternden Beinen aus dem Bett. Heute war der große Tag, der ihn auf die Erfolgsschiene bringen würde!

Für einen Septembertag herrschte traumhaftes Wetter. Er packte heimlich ein weißes Oberhemd, einen Schlips und einen guten Anzug in seine Arbeitstasche, denn ohne diese Maskerade würde er im Spielcasino nicht eingelassen werden.

Zuerst würde er auf der Arbeit mit einer Ausrede früher verduften. Freitags wurde sowieso nur bis 15 Uhr gearbeitet, und die letzten Stunden würde der Meister schon auf ihn verzichten können. Dann käme der Besuch in der Autowerkstatt, die er mit seiner Abschlagszahlung erstmal ruhig stellen wollte. Und dann würde er zum Spielcasino fahren und dort seinen raffinierten Plan in die Tat umsetzen, um die 6.000 Mark wieder aufzufüllen.

Monika fuhr ebenfalls mit dem Bus zu ihrem Arbeitsplatz im Supermarkt. Sie spürte, genau wie Klaus, eine große Vorfreude, aber im Gegensatz zu ihm aus dem Grunde, weil ihre Sorgen heute dank der Bärenbank ein Ende haben würden. Wenn Klaus die Werkstattrechnung bezahlt hatte, konnten sie in Ruhe die Schulden abtragen.

Die Schlosserwerkstatt, in der Klaus arbeitete, lag in einem gemischten Wohn- und Gewerbegebiet. Heute schien sein Glückstag zu sein, weil er genau gegenüber der Hofeinfahrt einen freien Parkplatz erwischte. Das war in dieser Gegend ungefähr so, wie fünf Richtige im Lotto.

Gleich, als er den Meister traf, tischte er dem ein Märchen auf, dass er seine Frau zu einem Arzt bringen müsse, und ob er deswegen schon gegen Mittag gehen könne. Der Meister gestattete es ihm gerne. Er dachte gar nicht daran, welcher

Arzt wohl am Freitagnachmittag praktizierte.

Das zusammengerollte Geldscheinbündel mit den 6.000 Mark wollte Klaus nicht in seinem Garderobenspind lassen, obwohl er den Schrank abschließen konnte und niemand auf der Arbeit von dem Batzen Geld wusste. Also steckte er, nachdem er sich seine Arbeitskleidung angezogen hatte, die Geldscheinrolle in die linke Hosentasche seines Arbeitsanzuges. Den ganzen Vormittag fühlte er ständig, ob der Zaster noch da war. Durchschnittlich alle Stunde schloss er sich im Klo ein, zog das Geld heraus und zählte es nach. Als ob aus einem aufgerollten Bündel auf magische Weise ein Schein entfleuchen könnte!

Gegen 12 Uhr, als seine Kollegen ihre Mittagspause begannen, meldete sich Klaus beim Meister ab. Hastig zog er sich um und verließ den Betrieb.

Auf der anderen Straßenseite, einige Plätze hinter Klaus' Wagen, parkte ein großer dunkelblauer Mercedes. Es handelte sich um eine S-Klasse, Baujahr 1984. Trotz seines Alters wirkte der Wagen noch ungemein solide und seriös.

Durch die verspiegelten Scheiben ließ sich nicht erkennen, ob jemand in dem Auto saß. Irgend jemand musste aber darin gesessen haben, denn als Klaus seinen Opel aus der Parklücke steuerte, wurde der Motor des Mercedes angelassen, und der Wagen folgte ihm unauffällig.

Nach 20 Minuten Fahrt durch die Stadt erreichte Klaus die Autowerkstatt.

Sofort sah er, dass hier und heute etwas Besonderes stattfand. Vor der Haupteinfahrt hatte sich eine Drei-Mann-Kapelle niedergelassen und vollführte mit Hilfe von Keyboard, Schlagzeug und Trompete einen ohrenbetäubenden Lärm, den man aus einiger Entfernung vielleicht als Marschmusik bezeichnet hätte. An zwei Masten links und rechts der Einfahrt wehten Werksflaggen, und einige Lehrlinge in blitzsauberem Firmendress verteilten Prospekte an das bei dem schönen Spätsommerwetter zahlreich erschienene Publikum. An den Schaufenstern des Verkaufsraumes klebten große Plakate, die ein neues Automodell anpriesen, das heute Premiere hatte. Deswegen wurden an diesem Wochenende die Tage der offenen Tür veranstaltet.

Klaus parkte seinen Wagen gegenüber der Einfahrt in der zweiten Reihe (Plätze in der ersten Reihe gab es nicht mehr) und ging, etwas verunsichert von dem Tumult, in Richtung Laden.

Auf dem Hof stand eine Hüpfburg für die Kinder. Mehrere Eltern filmten mit Videokameras ihre Kleinen beim Hopsen. Daneben belagerte eine Menschentraube einen Verkaufsanhänger, an dem man Würstchen, Pommes frites, Bier, Cola und Eis kaufen konnte. Vor dem Verkaufsraum wurde an einer Art Marktstand alles verkauft, was man auf Neudeutsch so schön als „Acessoires" bezeichnet: Kugelschreiber, Flaschenöffner, Feuerzeuge, Mützen, Jacken, Schlüsselanhänger, Modellautos, Trinkbecher, Taschenmesser und Brieftaschen, alles mit dem Logo der Autofirma.

Im Verkaufsraum lag der typische Neuwagengeruch in der Luft. Hier standen mehrere Exemplare des neuen Modelles, in die ständig Interessenten ein- und ausstiegen, probesaßen, die Sitze verstellten, Fenster und Motorhauben auf- und zumachten, alle möglichen Schalter betätigten und kritische Blicke in die Kofferräume warfen. Diejenigen, die ihre optischen, akustischen und haptischen Impressionen bereits inhaliert hatten, diskutierten mit ihren Ehepartnern, Kindern oder sonstigen Begleitern alles, was ihnen positiv oder negativ aufgefallen war.

An mehreren kleinen Sitzgruppen, bestehend aus je einem Stahlrohrtisch und drei Stahlrohrstühlen, saßen Verkäufer und diejenigen Kaufinteressenten, die über das Stadium des bloßen Begaffens und Befummelns bereits hinaus waren. Klaus sah keinen einzigen zur Verfügung stehenden Mitarbeiter des Autohauses, an den er sich hätte wenden können. Am Kassentresen, wo man sonst die Reparaturen oder Ersatzteile bezahlte, stand ein Schild:

Kasse heute Nachmittag geschlossen.
Zubehör bezahlen Sie bitte draußen
am Verkaufsstand.

Für Bezahlung von Reparaturen oder
Ersatzteilen wenden Sie sich bitte an
Ihren Kundendienstberater.

Klaus blickte sich suchend in dem Gewühle um, ob er nicht irgendwo einen Meister oder Verkäufer erspähte. Da ging der Verkäufer, bei dem sie damals den Wagen gekauft hatten! Schnell spurtete Klaus zu ihm hin.

„Guten Tag, kann ich bei Ihnen...“

„Tach, Herr Pleitner! Ich hab' jetzt gar keine Zeit, ich hab' Kundschaft!“ Und schon war er an Klaus vorbeigerauscht zu einem wartenden Ehepaar und wies die beiden mit einer einladenden Handbewegung zu seinem Büro. Klaus blieb verdattert alleine stehen.

Durch die Schaufensterscheibe sah er draußen auf dem Hof den Meister, der seine Unfallreparatur angenommen hatte. Er bahnte sich mühsam einen Weg durch die von automobilen Träumen benebelten Menschenmassen im Verkaufsraum und auf dem Freigelände. Gerade sah er noch, wie der Meister und ein älteres Ehepaar in eines der heute neu vorgestellten Autos einstiegen und für eine Probefahrt vom Hof fuhren.

„Leckt mich doch am Arsch!“ brummte er halblaut und verließ das Betriebsgelände. Offenbar brauchten die sein Geld ja nicht so dringend, als dass er hier den Leuten noch hinterherlaufen musste. Erst Meckerbriefe schreiben und dann keine Zeit haben! Er nahm sich vor, am Montag wiederzukommen, wenn die Veranstaltung beendet war.

Er stieg wieder in seinen Wagen, an dessen Windschutzscheibe zum Glück noch kein Strafzettel hing und fuhr zum

Casino.

Wieder bemerkte er nicht, dass er von einem großen, dunkelblauen Mercedes mit verspiegelten Scheiben verfolgt wurde.

Gegen Mittag kam Monika von ihrer Halbtagsarbeit im Supermarkt zurück. Nachdem sie ihre Tasche in der Wohnung abgestellt hatte, fiel ihr ein, dass sie ja Elvira wie versprochen Bericht erstatten wollte, wie es in der Bank gewesen war. Um diese Zeit traf man Elvira mit Sicherheit in ihrer Wohnung an, denn jetzt hatte sie ausgeschlafen und saß vermutlich beim Frühstück. Gegen 19.00 Uhr würde sie dann wieder zu ihrem zweitklassigen Job in dem drittklassigen Etablissement gehen.

Monika schnappte sich den Wohnungsschlüssel, ging die zwei Treppen zu Elviras Wohnung hinunter und klingelte. Nach 20 Sekunden klingelte sie noch einmal, weil niemand öffnete. Eigenartig, dass sie um diese Zeit nicht zu Hause war. Es dudelte auch kein Radio, wie sonst immer.

Verwundert ging Monika wieder hoch in ihre Wohnung.

Gegen 13.30 Uhr erreichte Klaus den Parkplatz des Spielcasinos. Eine halbe Stunde zu früh, denn es wurde erst um 14.00 Uhr geöffnet. Deswegen standen noch fast alle Stellplätze zur Verfügung. Klaus parkte seinen Wagen in der äußersten Ecke, damit möglichst niemand sehen konnte, wie er sich im Auto die feine Tapete anzog, 3.000 Mark aus dem Geldscheinbündel abzählte und in seine Brieftasche tat. Den Rest rollte er zusammen und steckte die Rolle wieder in die linke Hosentasche.

Durch seine Beschäftigung registrierte Klaus nicht, dass gleich nach ihm ein dunkelblauer Mercedes auf den Parkplatz gefahren kam und nahe des Haupteinganges Stellung bezog. Und er bemerkte auch nicht, dass niemand aus dem Mercedes ausstieg.

Allmählich füllte sich der Parkplatz. Die Besucher des

Spielcasinos, die ihre Autos abgestellt hatten, gesellten sich zu denen, die zu Fuß oder per Bus gekommen waren und warteten geduldig die letzten paar Minuten, bis ein Saaldiener in Uniform die Eingangstür aufschloss.

Klaus musste, wie alle anderen Casinogäste, seinen Ausweis vorzeigen. Die Daten wurden von einer jungen Dame in Abendgarderobe in einen Computer getippt. Ein kleiner Drucker machte ein Geräusch, als ob jemand mit heiserer Stimme „Siebzig" sagte und spuckte die Eintrittskarte aus. Dann durfte Klaus endlich den heiligen Ort der Geldvermehrung betreten.

Ein Page stellte gerade die letzten sauberen Aschbecher auf die Spieltische. Alle Gäste, die hereinkamen, stürzten sofort an den Kassenschalter, um sich Spielmarken zu kaufen. Jede verlorene Minute konnte einen entgangenen Gewinn bedeuten!

Als der letzte Gast vor Klaus an der Reihe war, beschlichen ihn doch Zweifel, ob er das Richtige tat. Aber dann starrte er ungläubig über die Schulter des etwa 50-jährigen Herren vor ihm. Der Kerl sah unscheinbar aus, trug einen Anzug von der Stange und hielt eine abgegriffene Brieftasche in der Hand. Aber er orderte beim Kassierer 40 Spielmarken zu 50 Mark und bezahlte, ohne mit der Wimper zu zucken, mit zwei Tausendmarkscheinen, die er aus der alten Brieftasche zog. Am erstaunten Schnaufen hinter sich merkte Klaus, dass die anderen Leute in der Schlange ebenfalls mitbekommen hatten, wie dieser unscheinbare Mann mit dem Geld um sich werfen konnte.

Neidisch dachte Klaus daran, dass Monika und er mit ihrem Einkommen gerade eben so über die Runden kamen. Er wünschte sich sehnlichst, auch endlich einmal zu den Aufsteigern zu gehören, die wegen ihres Vermögens bewundert wurden. Aber warum sollte dieser Wunsch eigentlich nicht in Erfüllung gehen? Er besaß ja 6.000 Mark Startkapital! Und 3.000 davon steckten griffbereit in seiner Brieftasche!

Diese Gedanken liefen in den fünf Sekunden ab, in denen

der unscheinbar gekleidete Mann seine Spielmarken einsteckte und zum Roulette-Tisch ging.

Jetzt war Klaus an der Reihe. Entschlossen zog er die drei Tausender heraus, legte sie dem Kassierer auf den Drehteller in der Panzerglasscheibe und sagte mit unnötig lauter Stimme: „30 Stück zu 100 Mark, bitte!"

Zu Klaus' größtem Ärger behielt der Kassierer seine vollkommen neutrale Miene bei, und auch aus der wartenden Schlange hinter ihm kam kein einziger anerkennender Laut.

‚Na, wartet!' dachte Klaus grimmig. ‚Euch werde ich es gleich zeigen!' Ärgerlich stopfte er die Spielmarken in seine Jackentasche und ging zum nächsten Spieltisch, der gerade eben seinen Betrieb aufnahm. All zu viele Gäste waren um diese frühe Zeit noch nicht erschienen, so dass die Einsätze, die Spiele und die Gewinnauszahlungen zügig vonstatten gingen.

Und jetzt passierte das Schlechteste, was Klaus überhaupt passieren konnte.

Er gewann nämlich sein erstes Spiel. Und auch sein zweites. Und das dritte ebenfalls. Sein Grinsen nahm in dem Maße zu, wie der Berg von Spielmarken vor ihm auf dem Tisch anwuchs. Alles lief wie geplant. Nach zehn Spielen war Klaus um 1.000 Mark reicher, als noch eine halbe Stunde zuvor. Er fühlte sich als der große Meister der Zahlen und genoss die anerkennenden bis neidischen Blicke der anderen Spieler.

Warum sollte er eigentlich mit diesem Kleckerkram weitermachen? Hundertmarkscheinweise die Kohlen zusammenzukratzen schien ja fast so mühsam, wie dafür zu arbeiten. Sein Grinsen wich einem strengen Gesichtsausdruck, als er darüber nachdachte, was für ein Idiot er doch war. Hätte er während dieser Glückssträhne keine Hunderter, sondern Tausender eingesetzt, dann besäße er jetzt bereits 16.000 Mark! Sechs für die Bärenbank, sechs für die Werkstatt, hätte Rest 4.000 für Klaus gemacht!

Entschlossen setzte er beim nächsten Spiel 1.000 Mark auf

rot. Sein breites Grinsen stellte sich wieder ein, als er erneut bewundernde Laute und Blicke spürte. Aber es hielt nicht lange vor.

Als die Kugel auf einer schwarzen Zahl zu Ruhe kam, gefror sein Grinsen zu einer entsetzten Maske. Schneller, als er blicken konnte, wurden seine Spielmarken im Wert von 1.000 Mark vom Croupier mit dem Schieber zusammengekratzt und der Bank zugeführt. In einer Minute verlor er das, was er in der letzten halben Stunde mühsam gewonnen hatte.

Kam da nicht mitleidiges Gemurmel aus der Besuchermenge? Das fehlte gerade noch! Während der letzten Spiele hatte sich Klaus so an seinen Status als der große Zahlenmeister gewöhnt, dass er sich von so einer einmaligen Niederlage nicht beeinflussen lassen würde. Was war denn schon groß passiert? Er besaß immer noch die 6.000 Mark, mit denen er hier erschienen war, also hatte er bis jetzt keinen Verlust erlitten. Entschlossen straffte er seine Haltung und setzte beim nächsten Spiel wieder 1.000 Mark auf rot. Ein guter Beobachter hätte gemerkt, dass er ein klein wenig mehr zögerte, als beim vorhergehenden Spiel.

Mit einer großen Portion Angst im Bauch starrte Klaus gebannt auf die sich drehende Roulettescheibe mit der klickernden und springenden Kugel. ‚Rot! Rot! Rot!' versuchte er mit seinen Gedanken deren Lauf zu beeinflussen.

Es fühlte sich an, als ob ein Blitz ihn zerspaltete, als die Kugel wieder auf einer schwarzen Zahl landete.

Klaus spürte, wie seine Fassung ihn verlassen wollte. Das entsprach nicht seinem Plan, dass er jetzt mit 1.000 Mark Verlust dastand!

Allmählich wurde auch die Zeit knapp. Offiziell suchte er ja heute Nachmittag das Autohaus auf, um die Rechnung zu begleichen. Also konnte er den Besuch im Casino nicht bis in die Abendstunden ausdehnen, ohne dass Monika Verdacht schöpfte.

„Alle guten Dinge sind drei!" dachte er trotzig. Nach zweimal Verlieren musste nun gemäß seinem Gerechtigkeitsempfinden ein Gewinn eintreten. Er setzte die letzten 2.000 Mark, die er noch in Spielmarken besaß, diesmal auf schwarz. Dabei beruhigte er sich damit, dass die Hälfte des Krecites, also 3.000 Mark, noch in seiner Brieftasche steckte. Wenn er jetzt gewinnen würde, dann wäre er wieder 1.000 Mark im Plus, und die schrecklichen Schicksalsschläge der letzten zwei Spiele wären vergessen.

Dass die Kugel nun auf rot fiel, bedeutete für Klaus den dritten schweren Schlag. Er hätte vor Panik fast in die Hosen gemacht.

Ohne eine einzige Spielmarke vor sich auf dem grünen Filz des Roulettetisches fühlte er sich nackt, nicht mehr dazugehörig. Die anderen besaßen noch Marken. Die durften noch weiter hier bleiben! Und er war jetzt ein Ausgestoßener!

Moment mal! Er hatte ja bis jetzt nur die Hälfte des Geldes verloren! 3.000 Mark besaß er ja noch!

Schnell bemühte er sich wieder um eine coole Miene, stand von seinem Platz auf, holte die restlichen drei Tausender aus seiner Hosentasche und wedelte damit seinem Tischnachbarn vor dem Gesicht herum, der ihn mit einer Mischung aus Verachtung und Mitleid anstierte.

„Bin gleich wieder da!" sagte Klaus zu ihm. „Muss nur mal eben Nachschub holen."

Der Tischnachbar sagte nichts und glotzte Klaus nur weiter blöde nach, als der zur Kasse ging, um den Rest des Geldes in Spielmarken zu verwandeln.

Auf dem Weg dorthin wurde Klaus schlagartig die Ursache der eben erlittenen Verluste klar. Er beschimpfte sich selber als einen Idioten. Zuerst hatte er ja nur je einen Hunderter auf das erste und das zweite Drittel gesetzt und damit zwei Drittel aller Zahlen abgedeckt. Als er zu den Tausendern überging, setzte er auf rot oder schwarz, also jeweils nur auf die Hälfte aller Zahlen. Klar, dass die Chance von 1:1 (nach seiner Milchmädchenrechnung) schlechter war, als 2:1! Entschlossen nahm er sich vor, von den letzten 3.000 Mark immer nur je 500 Mark auf das erste und zweite Drittel zu setzen, und so seine Gewinnsumme hochzuschaukeln, wie es am Anfang so schön geklappt hatte.

Sein Platz am Spieltisch war zum Glück noch frei, als er von der Kasse zurückkehrte. Beim nächsten Spiel setzte er getreu seiner Planung je 500 Mark auf das erste und zweite Dutzend. Als die 6 fiel, breitete sich ein schönes Entspannungsgefühl in ihm aus. 500 Mark gewonnen!

Den gleichen Einsatz ließ er für das folgende Spiel stehen. Es fiel die 19, und sein Grinsen wurde noch etwas breiter. Jetzt stand er wieder auf 4.000 Mark, genoss die Überzeugung, dass sein System wunderbar funktionierte und sah zuversichtlich der Kapitalvermehrung entgegen.

Allmählich musste er hier mal zum Punkt kommen! Offiziell hätte er jetzt bald Feierabend und würde zum Autohaus fahren. Der Zeitpunkt, wo Monika ihn zu Hause erwartete, rückte immer näher.

Um die Sache zu beschleunigen, setzte er beim nächsten Spiel je 1.000 Mark auf das erste und zweite Dutzend. Bei seinem raffinierten System sah er darin kein Risiko.

Sein Gesichtsausdruck änderte sich von breitem Grinsen in Fast-in-Tränen-ausbrechen, als die 35 fiel. 2.000 Mark weg! 2.000 Mark weg! Nur noch 2.000 Mark von 6.000 Mark übrig! Nein, nein, nein! Das konnte doch nicht wahr sein!

Klaus saß immer noch wie betäubt da und überlegte, was er tun sollte, als die Croupiers bereits die Gewinne ausgezahlt und zum nächsten Spiel aufgefordert hatten. Wenn er jetzt hier verduftete, dann würde das restliche Geld nicht mehr reichen, um die Werkstatt zufrieden zu stellen. Also musste er auf Gedeih und Verderb weitermachen und hoffen, dass sich das Glück doch noch wendete. Allmählich breitete sich eine schicksalsergebene Scheißegal-Stimmung in ihm aus.

Im letzten Moment, als der Croupier gerade sagte „Nichts geht mehr!", klatschte er noch schnell die letzten beiden 1.000 Mark auf das erste und zweite Dutzend. Der Chefcroupier sah ihn von seinem zwei Stufen erhöhten Sitzplatz aus bedauernd an.

Klaus schloss die Augen und lauschte nur noch dem langsamer werdenden Klackern der Kugel. Als das Geräusch verstummte, stand er kurz vor einem Herzinfarkt.

„Fünfundzwanzig, ungerade, rot, passe, 3. Dutzend", hörte er die Stimme des Drehcroupiers.

Aus! Vorbei! Jetzt konnte er die Augen wieder öffnen. Sein Einsatz war bereits von diesem gierigen Croupier zusammengerafft und der Bank zugeführt worden. Klaus stand benebelt auf und verließ den Spieltisch.

Vor Wut und Verzweiflung zitternd schlich Klaus mit wackeligen Knien aus dem Casino.

„Das hol' ich mir wieder!" schwor er sich. Solche Frechheit würde er sich kein zweites Mal bieten lassen.

Schlagartig fiel ihm ein, dass Monika ihn zu Hause fragen würde, wie es in der Autowerkstatt gelaufen war. Seine Stimmung fiel noch tiefer in den Keller, und er glaubte, gleich durchzudrehen. Warum stürzte er sich jetzt nicht von einem Hochhaus? Es schien ja sowieso alles im Eimer zu sein. Wo konnte er jetzt auf die Schnelle mindestens 3.000 Mark pumpen? Bald würde die Autowerkstatt den Gerichtsvollzieher schicken, und dann wüsste Monika Bescheid.

„Die Bank!" sagte er laut und blieb wie angewurzelt stehen. Schnell sah er nach der Zeit. 15.00 Uhr war es jetzt. Soweit er wusste, hatten Banken am Freitag bis 16.00 Uhr geöffnet. Eine halbe Stunde würde die Fahrt dahin dauern. Das könnte also noch klappen. Was müsste er dort für Argumente vorbringen, um noch einmal 3.000 Mark zu leihen? Immer noch auf dem Parkplatz stehend, grübelte er einige Minuten, um sich eine plausible Geschichte zurechtzubasteln.

Der Fahrer des dunkelblauen Mercedes sah Klaus, wie er aus dem Casino kam und jetzt grübelnd auf dem Parkplatz stand, er sah seine Körperhaltung und seinen Gesichtsausdruck und wusste sofort Bescheid.

Er ließ den Motor an und fuhr los. Während der Fahrt griff er zum Hörer des Autotelefones und führte ein ernstes Gespräch mit der Bank, bei der er arbeitete.

Mit einem Fünkchen Hoffnung und seiner ausgedachten Geschichte im Kopf ging Klaus schnell zu seinem Wagen und fuhr durch die Stadt zur Bank. Jetzt kam es darauf an, sich nichts von den Verlusten anmerken zu lassen, wenn die Sache klappen sollte.

Gegen 15.30 Uhr erreichte Klaus die Bank und fuhr seinen Wagen gemäß der Empfehlung von Herrn Grinsly durch die Toreinfahrt auf den Hinterhof. Außer ihm parkten hier nur noch ein großer, dunkelblauer Mercedes und ein grüner Golf, die seltsamerweise beide verspiegelte Fensterscheiben hatten.

Nach dem Aussteigen sah sich Klaus mit mulmigen Gefühlen auf dem Innenhof um. Auf drei Seiten begrenzten die Rückfront des Bankhauses und dessen beide Nebengebäude den Parkplatz. Auf der vierten Seite, zum Nachbargrundstück hin, stand eine hohe Mauer. Es gingen nur wenige Fenster von den Häusern zum Innenhof. Zusätzlich schützte ein schmutziges, grün verwittertes Dach aus ehemals gelbtransparentem Wellplastik die abgestellten Wagen vor der Witterung und vor Blicken von oben.

‚Idealer Ort, um jemanden umzulegen‘, dachte Klaus düster und flüchtete mit schnellem Schritt durch die Toreinfahrt auf die Straße zum Haupteingang.

Als er die Bank betrat, sah er gleich, dass er wieder der einzige Kunde im Schalterraum war. Die freundliche Bärin im Kassenschalter rechnete konzentriert irgendwelche Zahlen zusammen und bemerkte Klaus überhaupt nicht. Die junge Angestellte mit dem üppigen Lippenstift, der immer noch nicht recht zu ihrem braunen Fell passte, telefonierte gerade. Nur der Bär mit dem weißen Oberhemd und der silbernen Brille sah auf, als Klaus hereinkam. Klaus ging zu ihm an den Schalter, weil der Direktor im Moment nicht an seinem Schreibtisch saß.

„Guten Tag!" sagte Klaus etwas unsicher, weil er nicht wusste, wie er das Gespräch beginnen sollte. „Mein Name ist Pleitner, Sie erinnern sich bestimmt, wir sind gestern erst hier gewesen."

„Gewiss!" antwortete Dagobärt höflich, aber schrecklich neutral. „Was kann ich für Sie tun?"

„Tja, ich... äh... ich bin eigentlich geschäftlich hier."

„Geschäftlich hier?" echote der Teddy.

„Ja, wissen Sie, Sie haben uns gestern so gut beraten, und wir haben Sie natürlich im Verwandtenkreis weiterempfohlen, und deswegen lässt meine Mutter fragen, ob sie auch einen kleinen Kredit haben könnte..."

„Am besten, Sie sprechen darüber mit Frau Grinsly!" empfahl Dagobärt und wies auf eine Tür hinter Herrn Grinslys Schreibtisch.

Klaus bedankte sich und ging zu dem Büro. Neben der Tür stand auf einem Metallschild:

Sekretariat
Bärta Grinsly

Nach dem Anklopfen hörte Klaus eine tiefe weibliche Stimme „Herein!" sagen. Er öffnete die Tür und trat in das Büro.

Hinter einem Schreibtisch saß eine große, freundlich lächelnde Bärin in einem teuren Kostüm. Um den Hals trug sie eine Perlenkette mit so großen Perlen, dass sie auch noch zur Geltung kamen, wenn sie halb im Fell versunken waren.

„Guten Tag, Herr Pleitner!" begrüßte die Bärin ihn. „Was kann ich für Sie tun?"

Mit der Vordertatze wies sie einladend auf einen Besucherstuhl vor ihrem Schreibtisch. Dankbar nahm Klaus Platz, weil seine schlotternden Beine ihn kaum noch trugen. Er dachte nicht darüber nach, woher die Bärin wohl seinen Namen kannte, denn mit ihr hatten Monika und Klaus gestern nicht zu tun gehabt.

„Guten Tag, Frau Grinsly!" Klaus bemühte sich um einen fröhlichen, optimistischen Tonfall, was ihm aber nicht ganz gelang. „Wir waren gestern bei Ihrem Mann und Ihren Kollegen, weil wir einen Kredit brauchten. Ja, und im Vergleich mit anderen Banken fühlten wir uns bei Ihnen gut beraten und haben Sie natürlich im Bekanntenkreis weiterempfohlen. Und jetzt lässt meine Mutter anfragen, ob sie auch eine kleine Finanzspritze haben könnte, weil... sie muss sich nämlich unbedingt ihr Gebiss richten lassen, und der Eigenanteil ist ja heute so hoch, die Krankenkassen sind ja mächtig knickerig, und das kann sie sich von ihrer kleinen Rente nicht leisten..."

Je mehr Klaus seine erfundene Geschichte ausbreitete, umso überzeugter war er selbst davon, und umso sicherer sprach er.

„Warum kommt Ihre Frau Mutter denn nicht selbst?" erkundigte Frau Grinsly sich höflich, aber mit einem leicht lauernden Unterton.

„Ja, wissen Sie, die Sache ist die, dass sie nicht mehr so gut zu Fuß ist, und bevor sie sich selbst auf den Weg macht, hat sie mich gebeten, erstmal anzufragen. Außerdem sieht sie schlecht, und da lässt sie fragen, ob ich auch als ihr Bevollmächtigter für sie das Schriftliche machen kann. Wenn es da Probleme gibt, kann sie mir selbstverständlich eine Vollmacht erteilen."

„Aber ich bitte Sie!" sagte die Sekrebärin mit freundlichem Lächeln. „Für jedes Problem gibt es eine Lösung."

Mit ihrem Hinterlauf betätigte sie ein unter dem Schreibtisch angebrachtes Pedal. Eine Falltür klappte vor dem Schreibtisch auf, und Klaus stürzte mit seinem Besucherstuhl schreiend in den Keller der Bank.

Mit zufriedenem Grinsen erhob sich die Bärin von ihrem Sessel und sah nach, ob Klaus sich nicht etwa am Rand der Falltür festklammerte. (Für solche Fälle verwahrte sie in ihrer linken oberen Schreibtischlade ein kleines Hackebeil).

Dann betätigte sie einen anderen Schalter, und mit leisem Summen schloss sich die Klappe im Fußboden wieder. Sie kam um den Schreibtisch herum, nahm einen neuen Besucherstuhl von der Wand und stellte ihn vor ihren Schreibtisch auf die Falltür.

Das Zimmer war bereit für den nächsten säumigen Schuldner.

Klaus rutschte für etwa zwei Sekunden durch eine Edelstahlröhre von $1\frac{1}{2}$ Metern Durchmesser. Nirgendwo an diesem steilen, glatten Rohr konnte er sich festklammern. Dann plumpste er unsanft auf ein Podest. Der Besucherstuhl kam hinterher geflogen und krachte ihm an die Schulter.

Benommen sah er sich um. Er saß in einem Käfig von ca. zwei mal zwei Metern Größe, der aus dicken, silberglänzenden Gitterstäben bestand. An einer Seite befand sich eine Tür aus den gleichen Stäben.

Er war in der Küche der Bankkantine gelandet. An der Wand hing ein Kalender mit Pin-up-Fotos. Das Kalenderblatt vom September 1998 zeigte eine junge Bärin mit Lippenstift und Lidschatten, deren knapper Bikini ihren üppigen Fellbusen erst zur Geltung brachte. Unten auf dem Bild stand in Kursivschrift ‚Miss Unibärsum'.

Die ganze weitere Wand nahm eine perfekt eingerichtete und auf Hochglanz polierte Nirosta-Küchenzeile ein, die alles beinhaltete, was einer Hobbyköchin Begeisterungsschreie entlockt hätte. Und am Ende der Küchenzeile, am Herd, stand der Koch!

Er war kein niedlicher Teddy, sondern ein gewaltiges Raubtier. Außer seinem zotteligen, braunen Fell trug er nur eine weiße Schürze und eine Kochmütze. Wegen seiner umfangreichen Gewürzsammlung wurde er von den anderen Lorbär genannt. Mit grimmigem Gesicht sah zu dem Neuankömmling im Käfig, stellte den Topf, den er gerade in den Vordertatzen hielt, wieder auf den Herd zurück und kam drohend auf Klaus zu. Seine Kraft war beängstigend. Klaus glaubte, den Fußboden unter den Schritten dröhnen zu spüren. Ängstlich verkroch er sich in die hinterste Ecke des Käfigs und starrte fassungslos auf den sich nähernden Küchenbären. In dessen Schürze steckte auch noch ein bösartig aussehendes Schlachtermesser!

Lorbär öffnete die Käfigtür und nahm Klaus einfach heraus wie einen toten Fisch aus einem Kühlschrank. Klaus war vor Angst wie gelähmt und zu keiner Gegenwehr fähig, die auch vollkommen nutzlos gewesen wäre. Außerdem gruben sich die Krallen des Bären schmerzhaft in seinen Körper, so dass er allein aus diesem Grunde schon stillhielt. Der Bär trug ihn zu einem Zerlegetisch, der, wie alles hier, silbern glänzte. Daneben stand eine oben offene Kühltruhe, in der zwei abgehackte Frauenbeine lagen, an denen noch die Reste der Strumpfhose hingen. Die Füße steckten in roten Lackschuhen.

‚Nanu!‘ dachte Klaus. ‚Das sind doch die Beine von Elvira!‘

Es war das Letzte, was er dachte, bevor er sein Genick krachend zerbrechen hörte.

## 7. Wo ist Klaus?

Monikas fröhliche Stimmung vom Morgen wich allmählich einer leichten Unruhe. Um 15.00 machte Klaus am Freitag Feierabend, und die Autowerkstatt lag auf seinem Weg nach Hause. Die Bezahlung einer offenen Rechnung dauerte doch höchstens zehn Minuten. Also musste Klaus nun wirklich bald kommen. Sie sah aus dem Küchenfenster auf die Straße hinunter, sah nach links und nach rechts, aber sie konnte nirgendwo den Opel Astra sehen. Sie beruhigte sich selber damit, dass Klaus vielleicht in einem Stau steckte.

Der Küchenbär hatte Klaus' Leiche inzwischen ausgezogen, den Bauch aufgeschlitzt und ihn ausgeweidet. Von den Armen und Beinen und der Brust schnitt er gute Filets ab. Der Typ bestand aus schönem mageren und muskulösen Fleisch.

Nieren und Leber waren aufgrund des nicht gerade geringen Alkoholkonsums nur von mittelmäßiger Qualität. Der Koch legte sie zur späteren Verwendung erstmal in die Gefriertruhe. Ebenso verfuhr er mit Magen und Darm, die er eventuell noch für Würste gebrauchen konnte.

Die Lunge erwies sich allerdings als ein dreckiger Fladen, denn Klaus hatte viel geraucht. Lorbär warf sie angewidert in den Mülleimer. Er verstand nicht, warum die Menschen Tabakstäbchen in den Mund nehmen und anzünden mussten. Auch auf ihre Ernährung legten sie offenbar überhaupt keinen Wert, sondern stopften lauter ungesunde Sachen in sich hinein.

Lorbär war schlechter Laune. Oben arbeiteten einige Angestellte, die nicht nur hier ihr Mittagessen haben, sondern jeden Tag auch noch eine Portion für ihre Angehörigen zu Hause mitnehmen wollten. Wie sollte er die alle satt bekommen, wenn er nur so schlechte Lebensmittel zur Verfügung hatte? Die Krönung des menschlichen Fehlverhaltens repräsentierte ja wohl diese Elvira Enterich, die am Dienstag hier besoffen angekommen war und den entsetzten Bären grinsend vorgelallt hatte, dass sie ihr Geld nie wieder sehen würden, weil ihr flüchtiger Bekannter, mit dem sie eigentlich einen Taxibetrieb gründen wollte, damit durchgebrannt sei. Ihre Organe verrieten nicht nur die Säuferin, sondern auch die starke Raucherin. Leber und Nieren sahen aus, wie Geschirrspülschwämme und die Lunge wie ein alter Staubsaugerbeutel. Sie besaß wenig Muskeln, dafür aber viel Fett, so dass er sie nur zu Wurst verarbeiten konnte, und das auch nur in kleinen Anteilen. Die Bankangestellten waren, obwohl Bären Allesfresser sind, hinsichtlich der Nahrung verwöhnt und würden ihrem Koch sicherlich Vorwürfe machen, wenn er Essen von so schlechter Qualität servierte.

Dann hatte er auch noch den Ärger mit den Resten am Hals, die ja unauffällig weggeschafft werden mussten. Bei Klaus ließ er das Gesicht und die Hände unversehrt, denn dort gab es nicht viel Fleisch abzuschneiden. Das Skelett wurde noch durch die Sehnen und Bänder zusammengehalten. Nach Feierabend würde er ihm seine Kleidung wieder anziehen und ihn im Dunkeln mit seinem Golf, der auf dem Hinterhof parkte, zu einem jetzt verlassenen Ausflugsgebiet fahren und die Leiche dort einen Abhang hinunterwerfen.

Lorbär grübelte, wie er vermeiden konnte, dass die Reste von Klaus zu früh gefunden wurden. Er musste schon mindestens zwei Wochen unter freiem Himmel liegen, da sonst jeder Gerichtsmediziner stutzen würde, weil das Fleisch ja nicht so schnell verwest sein konnte. Auffällig wäre ebenfalls, dass der Anzug nicht in entsprechendem Maße verwittert wäre.

Am besten wäre es, wenn er die Leiche mit in den Wald nehmen könnte, in dem die Bären wohnten und wo sich kein Mensch hinwagte. Dort könnte Klaus in Ruhe ablagern und dann in glaubwürdigem Zustand an den geplanten Fundort gebracht werden. Aber Lorbär schien das zu gefährlich wegen der spielenden Bärenkinder. Mit Schrecken stellte er sich vor, wie die Bankbären Nachmittags nach Haus (bzw. nach Höhle) in den Wald kamen und einige kleine Teddybären dabei antrafen, wie sie mit den Leichenteilen von Klaus herumalberten, sei es, dass sie sich mit seinen ausgerissenen Armen Vögel zeigten oder dass sie mit seinem Schädel Fußball spielten. Wie sollte man mit einer derart ramponierten Leiche noch einen halbwegs erklärlichen Tod vortäuschen?

Also müsste er das Skelett heute Abend noch an den geplanten Fundort schaffen. Dort gab es einen Abhang, an dessen Fuß dichtes Dornengebüsch wuchs. Jetzt, Mitte September, trugen die Bäume und Büsche noch ihre Blätter, und es gab einige warme Tage. Man konnte Klaus also gut verstecken. Wenn man ihn dann in ein paar Wochen fand, dann würde jeder denken, er sei beim Spazierengehen gestürzt, hätte sich das Genick gebrochen und sei inzwischen verwest.

Seinen Wagen würden die Bären am Rande des Ausflugsgebietes abstellen, wo es auch Wohnhäuser gab. Dort parkten immer Autos am Straßenrand, auch fremde Fahrzeuge, deren Besitzer im Wald spazieren gingen. So bestand die Hoffnung, dass der Wagen nicht so schnell auffiel.


Um 17.00 Uhr beschloss Monika, etwas zu unternehmen. Seit einer Stunde hätte Klaus zu Hause sein müssen.

Zuerst rief sie auf seiner Arbeit an, ob er vielleicht Überstunden schieben musste. Aber in der Schlosserei ging niemand ans Telefon. Es war schon Feierabend.

Dann suchte sie sich die Telefonnummer des Autohauses heraus. Eine freundliche Telefonistin hörte sich ihre Fragen an und erklärte ihr, dass wegen des Tags der offenen Tür alles drunter und drüber ginge. Im Hintergrund hörte Monika die Kapelle dudeln. Nach einiger Mühe wurde sie mit dem kaufmännischen Leiter verbunden, der ihr zu ihrer Bestürzung die Auskunft gab, dass Klaus heute nicht, wie vorgesehen, die Rechnung beglichen hatte.

Langsam kroch die Panik in ihr immer höher. Irgendetwas

stimmte da ganz und gar nicht. Hin- und her gerissen zwischen Unruhe und Hoffnung rief sie einige Freunde und Bekannte an, bei denen Klaus möglicherweise hätte sein können. Vielleicht hatten sie zusammen gebechert und darüber die Zeit vergessen. Doch alle, die sie anrief, nahmen ihre Angst nicht ganz ernst und trösteten sie mit nichtssagenden Floskeln wie „Er wird schon bald kommen!" oder „Mach' dir keine Sorgen!". Aber Klaus kam nicht, und Monika machte sich Sorgen.

Vor ihrem inneren Auge erschien ein zerbeultes, ausgebranntes Autowrack, dessen Fahrer nach dem Unfall noch nicht identifiziert werden konnte. Sollte sie bei der Polizei nachfragen? Vielleicht machte sie sich total lächerlich, wenn sie ihren Mann suchen ließ, und er würde im nächsten Puff angetroffen werden. Die Vorstellung war ihr zwar unangenehm, aber immer noch besser, als ein Verkehrsunfall.

Das Geld! fiel ihr plötzlich ein. Klaus hatte die 6.000 Mark bei sich. Und wenn er überfallen worden war? Sie wusste zwar nicht, wer von dem vielen Geld Kenntnis erlangt haben sollte, aber es wurden schon wegen viel kleinerer Summen Leute umgebracht.

Ein noch böserer Verdacht meldete sich aus einer Ecke ihrer Gehirnwindungen. Klaus hatte die 6.000 Mark eingesteckt, aber an die Autowerkstatt musste er nur 5.600 Mark bezahlen. Was machte er mit den restlichen 400 Mark? Hing das vielleicht damit zusammen, dass Elvira nicht da war? Trieb er es etwa mit der in ihrem drittklassigen Bumslokal? Von dieser schlimmen Vorstellung angefeuert schnappte sich Monika ihren Wohnungsschlüssel und rannte die zwei Treppen zu Elviras Wohnung hinunter. Sie lauschte erst an der Tür, bevor sie klingelte. Aber in der Wohnung blieb alles stumm.

Monika stieg die Treppen wieder hinauf, suchte im Telefonbuch die Nummer von dem Etablissement und rief dort an. Eine säuselige Stimme, von der sie nicht wusste, ob sie Männlein oder Weiblein gehörte, gab ihr die Auskunft, dass

Elvira seit drei Tagen nicht zur Arbeit erschienen sei und wie schrecklich unzuverlässig doch heutzutage die Mitarbeiter wären.

Jetzt gab es schon zwei Personen, die nicht aufzufinden waren! Monika zog ihre Jacke an, rannte in den Keller, holte ihr Fahrrad heraus und fuhr einige Straßen weiter zum nächsten Polizeirevier. Vor der Tür schloss sie ihr Fahrrad an ein Verkehrsschild an und ging zum Eingang.

Das Portal der Polizeidienststelle sah so streng und abweisend aus, dass Monika draußen stehen blieb. Vielleicht schloss Klaus gerade in diesem Moment die Wohnungstür auf, während sie den Polizeiapparat aufscheuchen wollte. Das wäre vielleicht eine Blamage! Sie beschloss, sich Gewissheit zu verschaffen und suchte die nächste Telefonzelle auf.

An dem Apparat fehlte der Hörer.

Ärgerlich rannte sie weiter, bis sie die nächste Zelle sah. Dabei nahm sie sich vor, ein Handy zu kaufen, sobald die Finanzen das zuließen. Zum Glück war dieses Telefon hier intakt. Sie rief zu Hause an. Fünfzehnmal ließ sie es tuten, bevor sie frustriert und verängstigt den Hörer auflegte und die Telefonzelle verließ.

Jetzt musste sie fremde Hilfe in Anspruch nehmen! Zielstrebig ging sie zurück zum Polizeirevier und trat ein.

Zwei Wachtmeister versahen dort ihren Dienst. Der eine saß an einem Schreibtisch und füllte irgendein Formular mit einer uralten Schreibmaschine im Terroristen-System aus (jede Minute konnte man mit einem Anschlag rechnen). Der andere Beamte stand hinter der Barriere und heftete Akten in einen Ordner. Im Hinterzimmer hörte man gelegentlich ein Funkgerät quaken und piepsen.

Der akteneinheftende Wachtmeister beendete seine Arbeit und stellte den Ordner zufrieden in einen Aktenschrank. Dann fragte er Monika, womit er dienen könne.

„Mein Mann ist verschwunden. Ich wollte ihn vermisst melden. Oder... vielleicht können Sie mir sagen, ob ein Unfall mit ihm passiert ist?"

Der Polizist studierte einige Sekunden aufmerksam die Wand hinter Monika. Dann ließ er sich ihren Ausweis zeigen, notierte Name, Adresse, Geburtsdatum und Autokennzeichen von Klaus und verschwand im Hinterzimmer. Monika hörte ihn in das Funkgerät sprechen, das irgendwelches unverständliches Gemurmel zurückgab. Nach drei Minuten erschien der Beamte wieder und wedelte bedauernd mit dem Kopf hin und her.

„Keine Vorkommnisse registriert, die im Zusammenhang mit der vermissten Person stehen."

Sollte das nun etwas Gutes oder etwas Schlechtes bedeuten? Jedenfalls hatte Klaus demnach keinen Autounfall gehabt.

Der Polizist spannte jetzt sorgfältig ein Formular in die alte Schreibmaschine und nahm die Vermisstenanzeige auf. Er befragte Monika nach Klaus' Kleidung, nach dem Auto und wann sie ihn zum letzten Mal gesehen hatte.

Nachdem er Monika mitgeteilt hatte, dass das erstmal alles war, fühlte sie sich enttäuscht. Sie hatte sich von ihrem Gang zur Polizei mehr erhofft, insbesondere, dass gleich einige Streifenwagen in Marsch gesetzt würden, um nach Klaus zu fahnden. Für den Wachtmeister jedoch war solch ein Vorgang nach 22 Dienstjahren nur noch eine Routineangelegenheit. Wie oft hatte er schon Frauen ihre Männer und Eltern ihre Kinder suchen sehen, und letzten Endes waren sie (fast) alle mit irgendeiner Erklärung wieder aufgetaucht.

Draußen dämmerte es bereits. Ratlos schloss Monika ihr Fahrrad auf und fuhr nach Haus. Je näher sie der Wohnung kam, umso hektischer legte sie sich in die Pedale. Jetzt waren bestimmt die Fenster erleuchtet, und Klaus würde vor dem Fernseher sitzen und Monika fragen, wo sie denn so lange steckte!

Die Wohnung lag im Dunklen. Eine finstere Wolke legte sich über Monikas eben aufgekeimte Hoffnung. Schnell rannte sie nach oben, ob Klaus vielleicht stockbesoffen im

Bett lag und schnarchte.

Aber die Wohnung war leer.

Monika lief die Treppe hinunter und klingelte wieder einmal bei Elvira. Zusätzlich horchte sie an der Tür. Nichts rührte sich.

Sie fühlte sich sehr alleine, als sie die Treppen hochschlich. Irgendetwas musste sie doch unternehmen!

Aus dem Telefonbuch suchte sie sich die Nummer von Klaus' Chef heraus.

Der Inhaber der Schlosserei reagierte überrascht. Leider konnte er Monika mit keiner Erklärung für das Verschwinden von Klaus dienen. Aber er gab ihr die Telefonnummer des Meisters, der ja direkteren Kontakt mit den Arbeitern hatte. Hoffnungsvoll rief Monika ihn an.

„Frau Pleitner?!" fragte er erstaunt. „Was sagen Sie? Ihr Mann wird vermisst? Aber er wollte doch heute Nachmittag mit Ihnen zum Arzt! Deswegen ist er doch schon Mittags weggegangen."

Monika verschlug es fast die Sprache. Aber so sehr sie den Meister auch ausfragte und so sehr er sich bemühte, es kam nichts Neues dabei heraus.

Nach dem Gespräch schwirrte Monika der Kopf. Was ging denn da nur vor sich mit dem Mann, den sie so gut zu kennen glaubte? Warum verließ er mit einer Ausrede früher den Arbeitsplatz? Normalerweise hätte er am Freitag um 15.00 Uhr Feierabend gehabt, und so ohne Zeitprobleme die Autowerkstatt aufsuchen können.

Sie versuchte, einen Ablaufplan des Tages zu erstellen. Also: Klaus steht morgens auf und fährt normal zur Arbeit (Beweis: Monika sieht ihn abfahren, und der Meister bestätigt seine Anwesenheit). Von der Arbeit verschwindet er Mittags mit einer gelogenen Ausrede (Beweis: Die Schilderung des Meisters). Er bezahlt nicht wie geplant die Werkstattrechnung (Beweis: Die telefonische Auskunft vom kaufmännischen Leiter des Autohauses).

Damit endete ihr Ablaufplan bereits. Wohin war Klaus

stattdessen gefahren? Warum war er noch nicht zurück? Was war mit den 6.000 Mark passiert?

Monika blätterte das Telefonregister durch und rief sogar Leute an, mit denen sie nur sehr sporadisch Kontakt pflegten. Alle reagierten zuerst sehr erfreut, mal wieder etwas von Monika zu hören, und dann sehr betroffen, als sie von der Geschichte erfuhren. Aber keiner konnte Monika weiterhelfen.

Gegen 19.30 Uhr nickte sie erschöpft für ein paar Minuten auf dem Sofa ein.

Das Telefon schreckte sie brutal hoch. Noch schlaftrunken riss sie mit fliegenden Händen den Hörer von der Gabel.

Es war Christa, mit der Monika am Nachmittag besorgt telefoniert hatte, und die sich nun erkundigen wollte, ob Klaus wieder aufgetaucht sei. Erschrocken musste sie hören, dass inzwischen eine Vermisstenanzeige lief. Monika hörte Christa im Hintergrund erregt mit Gerhard tuscheln. Dann sprach sie die beiden trostreichsten Worte dieses Abends in den Hörer: „Wir kommen!"

Um 20.00 Uhr kamen Christa und Gerhard aufgeregt die Treppen hochgestürmt. Ihre erste Frage „Ist er da?" wurde durch Monikas bekümmerten Gesichtsausdruck beantwortet.

Gemeinsam saßen sie im Wohnzimmer und diskutierten, was man tun könnte. Monika schilderte noch einmal den Ablauf des Tages bis zu Klaus' vorzeitigem Verlassen des Arbeitsplatzes.

Gerhard schlug vor, den Weg von der Wohnung zur Schlosserei und von dort zum Autohaus abzufahren, ob man vielleicht den Opel Astra irgendwo entdeckte. Monika fühlte sich glücklich, überhaupt irgendetwas tun zu können, und so fuhren Christa und Gerhard mit Monika die Straßen ab, bis sie bei Klaus' Arbeit ankamen. Hier stiegen sie alle aus und gingen zu Fuß die Straße und auch die kleineren Seitenstraßen entlang.

Nirgendwo stand der rote Opel Astra.

Gemeinsam fuhren sie weiter zum Autohaus. Dabei wussten sie nicht einmal, welchen Weg Klaus gefahren war. Sie konnten dort auch nur die Straßen nach dem Opel Astra absuchen, was ebenfalls zu keinem Ergebnis führte.

Um 22.00 Uhr saßen sie alle wieder genau so ratlos wie zwei Stunden zuvor in Monikas Wohnzimmer. Sie riefen noch einmal bei der Polizei an, ob sich inzwischen etwas ergeben hätte. Aber auch hier hörten sie nichts Neues.

Um 23.00 Uhr mussten Christa und Gerhard aufbrechen, weil sie am nächsten Tag auswärtigen Besuch erwarteten und deshalb zu Hause sein mussten. Selbstverständlich gestatteten sie Monika, zu jeder Tages- und Nachtzeit bei ihnen anzurufen.

Irgendwann in der Nacht holte die Müdigkeit Monika ein. Sie fühlte sich für ein paar Minuten so allein in dem großen Doppelbett, bis sie unruhig einschlief.

Der Samstag begann für Monika so, wie der Freitag geendet hatte: mit Grübeln und Ratlosigkeit. Geistesabwesend nahm sie ein spärliches Frühstück ein.

Es klingelte an der Tür.

Monika sprang auf und verpasste dabei dem Küchentisch einen Stoß, dass ihre Kaffeetasse umkippte. Egal. Sie riss die Wohnungstür auf.

Draußen stand ein Mann in einem hellgrauen Mantel, der sie wegen ihres Ungestüms erstaunt ansah. Er hielt Monika einen grünen Ausweis vor die Nase.

„Guten Tag, mein Name ist Frunze. Ich komme von der Polizei."

Monikas Vorfreude erstarb. Sie bat den Kriminalbeamten ins Wohnzimmer.

„Es geht um das Verschwinden Ihres Mannes. Ich bin mit der Untersuchung des Falles beauftragt worden. Zuerst möchte ich Sie noch einmal um eine genaue Schilderung des gestrigen Tages bitten."

Monika berichtete ihm, wie sie und Klaus gemeinsam aufgestanden waren und ihr Frühstück eingenommen hatten, bevor Klaus zur Arbeit gefahren war.

„Hat Ihr Mann sich anders verhalten, als sonst?"

„Na, ja, er war etwas... aufgekratzter als sonst morgens, aber ich ja auch. Wir müssen bei der Autowerkstatt nämlich noch eine Rechnung bezahlen, und am Tag zuvor ist es uns gelungen, bei der Bank dafür einen Kredit zu erhalten. Deswegen schienen unsere Geldsorgen erstmal vom Tisch zu sein."

„Ihr Mann hat also das Geld von der Bank eingesteckt und wollte damit gestern die Rechnung bezahlen?"

„Ja, es waren 6.000 Mark. Damit ist er zur Arbeit gefahren. Und nach Feierabend wollte er zur Autowerkstatt. Aber von seinem Meister habe ich gestern gehört, dass er mit einer faulen Ausrede früher Schluss gemacht hat. Und der kaufmännische Leiter vom Autohaus hat mir gesagt, dass er die Rechnung nicht bezahlt hat."

Herr Frunze machte sich emsig Notizen.

„Haben Sie geprüft, ob noch andere Kleidungsstücke Ihres Mannes fehlen, als die, die er angezogen hat?"

Monika stutzte. „Nein, wieso?"

„Dann wollen wir das mal tun!" schlug Herr Frunze vor, dem ein gewisser Verdacht kam.

Die Besichtigung des Kleiderschrankes brachte zu Tage, dass ein guter Anzug von Klaus, eine seiner drei Krawatten und ein weißes Oberhemd fehlte.

Der Verdacht, den Herr Frunze hegte, erhärtete sich. Das wäre nicht das erste Mal, dass jemand, der plötzlich einen Haufen Geld in den Händen hält, leichtsinnig wird und aus seinem grauen Arbeitsalltag ausbrechen will. Erst letztes Jahr hatte er so einen Fall gehabt. Ein Mann, der offenbar gerade in der midlife-crisis steckte, unterschlug 10.000 Mark, verbrachte ein Wochenende in einem Nobelpuff und suchte, nachdem das Geld flöten war, per Anhalter das Weite, um der Strafverfolgung zu entkommen. Er plante in seinen jugendlich-romantischen Träumen, per Schiff nach Afrika zu flüchten, es dort ‚zu etwas zu bringen' und seine Frau dann nachkommen zu lassen, wo sie, von der deutschen Justiz unbehelligt, ein gutes Leben führen konnten. Er fragte seine Frau überhaupt nicht, ob sie mit seinen Plänen vielleicht gar nicht einverstanden war. Kurz vor Cuxhaven zerplatzten seine Träume sowieso. Er wurde durch die Wasserschutzpolizei von Bord eines Schiffes geholt und saß nun im Gefängnis.

„Haben Sie den Verdacht, dass Ihr Mann möglicherweise ein... abenteuerliches Wochenende verbringt?"

Monika schwieg nachdenklich. Immerhin war es ja eigenartig, dass Elvira auch nicht aufzufinden war.

„Eine Etage tiefer wohnt eine ziemlich zweifelhafte Tante. Wahrscheinlich eine abgetakelte Nutte. Das komische ist, dass die auch seit ein paar Tagen verschwunden ist. Ich habe auf ihrer Arbeit angerufen, ob mein Mann dort steckt, und man sagte mir, sie wäre schon drei Tage nicht erschienen. Aber ich kann mir das wirklich nicht vorstellen. Wenn mein Mann wirklich fremdgehen wollte, dann hätte er bestimmt einen besseren Geschmack. Außerdem haben wir sie neulich mit so einem Zuhältertyp gesehen. In solchen Kreisen müssen Sie nachforschen, was diese Person angeht!"

Herr Frunze notierte sich Elviras Namen und nahm sich vor, in dieser Richtung Untersuchungen anzustellen.

Entscheidend für die weitere Entwicklung der Ereignisse war die Tatsache, dass Monika es nicht für wichtig erachtete und deshalb auch nicht berichtete, wie Elvira ihnen den Tipp mit der Bank gegeben hatte und dass sie alle bei der gleichen Bank Kreditnehmer waren. Hätte die Polizei diese Gemeinsamkeit der beiden Verschwundenen gekannt, dann wäre die Bank gewiss auch in die Ermittlungen einbezogen worden. Aber so standen die zwei vermissten Personen bis auf die gleiche Adresse für die Polizei in keinem Zusammenhang miteinander.

Innerhalb der nächsten Stunden, nachdem Herr Frunze gegangen war, änderten sich, veranlasst durch Herrn Frunzes

Verdacht, Monikas Gefühle. Sie wechselten von Sorge und Ratlosigkeit zu Wut über diesen Abenteurertyp.

Auch diesen Abend musste sich Monika alleine in ein so leeres, großes Bett zum Schlafen legen.

Den Sonntag kreuzte Monika auf ihrem Küchenkalender schwarz an, wie auch den Freitag und den Samstag. Der dritte Tag ohne Klaus.

Herr Frunzes Verdacht gärte auch in ihr. Je mehr sie über die Sache nachdachte, umso grimmiger wurde sie, weil es ja nach Lage der Dinge nur so gewesen sein konnte, wie der Kripo-Beamte vermutete. Entscheidend war der fehlende Anzug, den Klaus offenbar für ein nobles Etablissement benötigte, um dort das mühsam geliehene Geld mit irgendeiner Edelnutte zu verpulvern. Da er ja morgen wieder arbeiten musste, bestand die Chance, dass er heute Abend mit einem wilden Märchen wieder auftauchen würde.

So lange gedachte Monika nicht, in der Wohnung zu sitzen. Draußen schien die Herbstsonne. So schnappte sie sich ihr Fahrrad und fuhr die Gegenden ab, in denen bekanntermaßen das waagerechte Gewerbe ausgeübt wird. Besonderen Augenmerk richtete sie auf die vornehmeren Clubs, ob dort vielleicht irgendwo der rote Opel Astra parkte.

‚Komm du mir nach Haus!' dachte sie finster. ‚Morgen dürfen wir als Erstes die Karre verscheuern, um die Schulden bei der Werkstatt und bei den Banken bezahlen zu können.' Sollte der Kerl doch die nächsten drei Jahre mit dem Rad zur Arbeit geigen!

Als die Dämmerung einsetzte, kehrte sie nach Haus zurück. Je dunkler es draußen wurde, umso mehr wich ihre Wut wieder der Sorge. Ihre Vermutung, dass Klaus diesen Abend zerknirscht aufkreuzen würde, erfüllte sich nicht. Also doch etwas Schlimmeres, als ein Abenteuer? Oder befand er sich jetzt auf der Flucht, weil alles verloren schien?

Während des Abends riefen Christa und mehrere Bekannte an, um sich nach Klaus zu erkundigen. So vergingen einige

Stunden mit Telefonieren. Monika wünschte sich, hellsehen zu können, wo Klaus in diesem Moment steckte. Oder dass er einen Sender bei sich trug, mit dessen Hilfe sie ihn anpeilen konnte *(zerstückelt und tiefgekühlt im Keller der Teddybärenbank).*

Die traurige Tatsache aber blieb, dass Monika auch diese Nacht wieder unruhig alleine im Bett verbrachte und in ihren häufigen Wachphasen ständig nach dem Telefon lauschte.

## 8. Monika geht beichten

Am Montagmorgen rief Monika zuerst den Inhaber der Schlosserei an und erstattete ihm Bericht. Er war bereits gut informiert, denn der Kriminalbeamte Frunze hatte schon früh die Schlosserei besucht und bei allen Kollegen von Klaus Erkundigungen eingeholt.

Der Chef von Klaus ließ die Fehlzeit erst einmal als Resturlaub anrechnen, der aber zum Monatsende aufgebraucht sein würde. Wenn Klaus bis dahin nicht wieder zur Arbeit käme, dann könne man leider auch keinen Lohn weiterzahlen, da es sich ja nicht um attestiertes krankheitsbedingtes Fehlen handele.

Monika sah zu allem Unglück auch noch düstere finanzielle Wolken am Horizont aufziehen.

Danach rief sie bei ihrem Vorgesetzten an und schilderte ihm ihre Lage. Er gab ihr teilnahmsvoll für den Tag frei. Vorsichtshalber fragte Monika wegen ihrer drohenden Finanzmisere, ob sie von Halbtagsarbeit auf eine Vollzeitstelle übergehen könne. Dem Marktleiter kam das sehr gelegen, denn eine Mitarbeiterin würde bald ihren Schwangerschaftsurlaub antreten.

Dann fuhr Monika mit dem Rad zum Autohaus, um ihre Zahlungsunfähigkeit zu beichten. Dort war man schon bestens informiert, weil Herr Frunze ebenfalls schon hier gewesen war. So erfuhr Monika auch, dass man Klaus am Freitag doch hier gesehen hatte.

„Ein Mitarbeiter hat ihn einwandfrei erkannt!" berichtete ihr der kaufmännische Leiter. „Wir hatten ja einen ganz schönen Trubel hier wegen der Vorstellung des neuen Modelles. Aber ein Verkäufer hat Ihren Mann hier gesehen und das auch dem Kriminalbeamten gesagt. Der Verkäufer musste natürlich annehmen, dass er sich nur die neuen Autos ansehen wollte. Aber die Rechnung hat er ganz bestimmt nicht bezahlt.“

In den nächsten Tagen gewöhnte Monika sich fast ein wenig an das Gefühl der Leere und der Trauer. Sie arbeitete
jetzt ganze Tage, um mehr Geld zu verdienen und um von
den ständig in ihrem Kopf kreisenden Fragen abgelenkt zu
sein.
Herr Frunze erschien zwischendurch noch einmal bei ihr.
So erfuhr Monika, dass es keine Vermisstenanzeige betref-
fend Elvira gab und die Polizei deswegen nicht offiziell nach
ihr fahnden konnte, weil sie auch keiner Straftat verdächtigt
wurde. Vielleicht war sie ja auch einfach bedient von ihrem
Job gewesen und in den Urlaub gefahren.

Als Klaus zwölf Tage verschwunden war und die Variante
mit dem abenteuerlichen Wochenende immer unwahrschein-
licher wurde, ließ die Polizei eine Suchanzeige mit Foto und
Beschreibung von Klaus und von seinem Wagen in die Zeitung setzen.

Eduard Redemann besaß eine Eigenschaft, die man ihm
äußerlich nicht ansehen konnte. Diese Eigenschaft, nämlich
sein phänomenales Gedächtnis, verbunden mit einem seriö-
sen Auftreten, prädestinierte ihn geradezu für seinen Beruf.
Samstagvormittag hatte er frei. Sein Dienst würde erst um
14.00 Uhr am Nachmittag beginnen. So konnte er in Ruhe
die Zeitung studieren.
Er erkannte Klaus sofort, als er das Foto mit der Über-
schrift ‚Vermisst‘ sah. Etwa zwei Wochen musste das her
sein, da hatte dieser Kerl am Spieltisch, an dem Eduard Redemann als Croupier arbeitete, hoch verloren. Das kam zwar
täglich vor, aber mit der Zeit entwickelte man in seinem
Beruf eine gewisse Menschenkenntnis. Leute, die das Geld
wirklich übrig haben, machen bei großen Verlusten ein anderes Gesicht, als dieser Typ. Der brauchte Geld und hatte
gehofft, es im Casino zu vermehren. Wahrscheinlich war es

nicht einmal sein Geld gewesen.

In dem Zeitungsartikel stand auch das Datum, seit dem dieser Klaus Pleitner vermisst wurde. Das war genau der Tag, an dem er im Casino sein Geld losgeworden war. Vermutlich hatte der arme Teufel sich danach aufgehängt.

Eduard Redemann ging zum Telefon und rief unter der angegebenen Nummer bei der Polizei an.

Es gab noch eine zweite Person, die die Vermisstenanzeige in der Zeitung aufmerksam studierte, und zwar Herr Würger.

Dieser Kerl, der dort gesucht wurde, hatte doch vor etwa drei Wochen mit seiner Frau um einen weiteren Kredit gebettelt! Und jetzt wurde er vermisst! Deswegen also war die letzte Rate noch nicht getilgt worden!

Herr Würger begann zu kombinieren. Es gab eigentlich nur zwei mögliche Erklärungen: Entweder saßen ihm noch andere Gläubiger im Nacken, und er war deshalb getürmt, oder er wusste wegen seiner Geldsorgen keinen Ausweg mehr und hatte Selbstmord begangen, ohne bisher aufgefunden zu werden.

Von der Frau stand nichts in der Zeitung. Aber alleine konnte die bestimmt nicht die Raten für den laufenden Kredit abzahlen!

Herr Würger fühlte sich unwohl. Säumige Schuldner bedeuteten am Jahresende rote Zahlen in der Bilanz der Zweigstelle, was auch immer ein schlechtes Licht auf den Zweigstellenleiter und dessen Stellvertreter werfen würde. („Konnten Sie denn nicht vorhersehen, dass dieser Kunde in finanzielle Schwierigkeiten kommt?") Er musste unbedingt wissen, was da los war. Gleich Montag früh würde er seiner Sekretärin einen Brief diktieren, den er auf einem Schmierzettel schon mal vorformulierte.

Am Samstag hatte Monika nichts weiter vor, außer den 16. Tag auf Klaus zu warten. Um nicht wieder in stundenlanges Grübeln zu versinken, erledigte sie mechanisch verschiedene

Putz- und Aufräumarbeiten.

Später am Vormittag läutete es an der Tür. Monikas Herz machte einen Sprung. Ob Klaus endlich zurückkam? Hastig öffnete sie.

Ihre aufkeimende Hoffnung erstarb sofort. Draußen stand Kriminalobermeister Frunze mit sehr ernstem Gesicht.

„Guten Tag, Frau Pleitner! Darf ich Sie kurz stören? Es gibt da eine neue Entwicklung."

Mit zitternden Knien ging Monika mit Herrn Frunze in die Küche und sackte dort auf einen Stuhl.

„Was... was ist denn...?"

„Ist Ihnen bekannt, ob Ihr Mann Spielcasinos besucht hat?"

Monika sah ihn erstaunt an.

„Nein! Ich meine, manchmal hat er natürlich in einer Kneipe sein Glück am Spielautomaten versucht. Aber so richtig im Casino...? Das wüsste ich doch!"

„Es hat sich ein Zeuge bei uns gemeldet, der glaubhaft aussagt, dass Ihr Mann am Freitag, dem 11. September, also dem Tag seines Verschwindens, im Spielcasino in der Innenstadt 6.000 Mark beim Roulette verloren hat. Danach sei er, wie der Zeuge sagt, erledigt davongeschlichen."

Monika wusste nicht, ob sie glücklicher oder noch unglücklicher sein sollte. Unglücklich deswegen, weil Klaus, statt zur Autowerkstatt zu fahren, sein Heil beim Roulette gesucht und das ganze Geld verloren hatte. Glücklich deswegen, weil ein Stück der Ungewissheit in ihrem Kopf nun geklärt schien. Jetzt war dieser Freitag, an dem Klaus verschwand, nicht mehr ein anonymer, pechschwarzer Tag, sondern sie wusste nun, was er getan hatte. Die Möglichkeit eines Überfalles oder des Durchbrennens mit einer anderen Frau schieden jetzt aus.

Die unbeantwortete Frage hieß nun noch, was Klaus danach getan hatte. Einfach davonzulaufen entsprach nicht seinem Wesen, wo hätte er auch hin sollen, ohne Geld? Die schreckliche Erkenntnis für Monika sah so aus, dass Klaus vermutlich Selbstmord begangen hatte.

Aber solange seine Leiche nicht gefunden war, blieb die Ungewissheit weiter bestehen.

Am Dienstagabend, als sie von der Arbeit kam, fand Monika den besagten Brief von Herrn Würger vor.

> Sehr geehrte Frau Pleitner,
>
> Ihr laufender Kreditvertrag weist Merkmale auf, die einer Beratung bedürfen.
> Wir bitten Sie deshalb, am Donnerstag, den 1.10.1998 um 17.00 Uhr zu einem klärenden Gespräch in unsere Zweigstelle.
> Bitte bringen Sie zu dem Termin alle den Kredit betreffenden Unterlagen mit.

Monika fiel nicht weiter auf, dass der Brief nur an sie gerichtet war, obwohl die Post von der Bank früher immer auf ‚Frau und Herrn Pleitner' lautete.

Jetzt kam zu ihren ganzen Sorgen mit Klaus und der Autowerkstatt auch noch dieser Würger, der um sein Geld fürchtete! Fast spürte sie schon so etwas wie Schadenfreude. Sie konnte nun mal nicht zahlen, und so sollte der Würger doch vor ihr Handstand machen, er müsste eben nach oben melden, dass es bei ihr nichts zu holen gab.

Schlagartig wurde ihr klar, dass es ja noch eine zweite Bank gab, bei der sie ihre Zahlungsunfähigkeit anmelden musste!

Doch neben der Sorge um ihren verschwundenen Mann sahen solche Dinge relativ klein aus.

Am Donnerstagnachmittag verließ Monika früher ihren Arbeitsplatz und fuhr zu ihrer Hausbank.

Herr Würger hatte tatsächlich sein schmieriges Grinsen eingebüßt und empfing sie kühl, aber mit sichtlich sorgenvoller Miene. Er hielt ihr sogleich den Zeitungsausschnitt mit der Vermisstenmeldung unter die Nase.

„Es ist uns bekannt geworden, dass der momentane Aufenthaltsort Ihres Mannes unbekannt ist. Wir sehen einen Zusammenhang damit, dass die letzte Rate noch nicht beglichen wurde. Können Sie uns über den Sachverhalt aufklären?"

„Da gibt es nicht viel aufzuklären!" antwortete Monika patzig. „Mein Mann ist verschwunden, und ich kann nicht zahlen."

Herrn Würgers entsetzter Gesichtsausdruck bedeutete im Moment einen gewissen Trost für sie.

„Aber... aber... wo ist denn Ihr Mann bloß?"

„Wenn ich es wüsste, wäre mir wohler. Aber falls es Sie tröstet: Sie sind nicht der Einzige, der sein Geld in den Wind schreiben kann. Wir haben noch Schulden beim Autohändler und einen zweiten Kredit."

Herr Würger wurde blass. Das bedeutete ja im Falle von Pfändungen noch zwei Gläubiger, die befriedigt werden mussten, also noch weniger Geld für jeden einzelnen!

„Wieso noch einen Kredit?!" rief er ärgerlich aus. Erschrocken riss er sich zusammen, weil einige wartende Kunden am Bankschalter neugierig ihre Gesichter zu ihm hinwendeten.

Monika zog den Vertrag mit der Teddybärenbank aus ihrer Tasche und warf ihn nachlässig vor Herrn Würger auf den Schreibtisch.

„Als wir damals Geld brauchten, wollten Sie uns ja nicht weiterhelfen. Also sind wir zu einer anderen Bank gegangen, die sich nicht so knickerig angestellt hat."

Herr Würger nahm neugierig den Vertrag und studierte ihn. Am meisten wurmte es ihn, dass er diese Bank überhaupt nicht kannte. Und das in der gleichen Stadt!

Er wollte stets derjenige sein, der alles wusste, der jede Frage beantworten konnte, an den man sich wendete, wenn alle anderen nur noch mit den Schultern zuckten. Deswegen studierte er immer jedes Rundschreiben sorgfältig, auch wenn es belanglos war und von allen anderen nur überflogen und gleich wieder vergessen wurde. Dann notierte er Datum und Betreff in seinem PC und heftete das Schreiben sorgfältig ab, um es schnell wieder finden zu können. Schrecklicher Gedanke, dass ein Vorgesetzter ihn nach dieser unbekannten Bank fragte und er wüsste von nichts! Diese Scharte musste er schnellstens auswetzen! Er kopierte sich den Kreditvertrag von der seltsamen Bank, um Erkundigungen über sie einzuholen.

Nachdem Herr Würger von Monika auch noch die vernichtende Auskunft bekam, dass der als Sicherheit für den Kredit verpfändete Wagen ebenfalls spurlos verschwunden war, blieb ihm vorerst nichts anderes übrig, als Monika die Raten zu stunden und auf baldige Aufklärung der Geschichte zu hoffen.


Nach dem Besuch bei Herrn Würger fuhr Monika gleich weiter zur Teddybärenbank. Dieser Weg fiel ihr schwerer, als die Beichte bei der Hausbank, weil die Bären ja sehr nett und entgegenkommend gewesen waren.

Schweren Herzens betrat sie die Bank und sah sich nach Herrn Grinsly um. Die Bankteddys an den Schreibtischen betrachteten sie schweigend. Schließlich hatte sie ja gemeinsam ihren Mann verspeist.

An jenem Tag, es musste etwa zwei Wochen her sein, genossen die Bären in der Mittagspause den leckeren Braten, den Lorbär aus den Teilen von Klaus zubereitet hatte.

Der Nachtisch (es gab Vanillepudding mit Himbeeren) schmeckte Dagobärt schon nicht mehr so gut. Irgendetwas mit dem Kredit für die Pleitners rumorte in seinem fellbezogenen Kopf herum.

Nach dem Essen suchte er die Kreditverträge mit Elvira Enterich und den Pleitners heraus. Und dann wurde ihm klar, was er übersehen hatte: Sowohl Elvira als auch Monika und Klaus wohnten im gleichen Haus! Und sowohl Elvira als auch Klaus waren spurlos verschwunden, weil sie ja von

Lorbär geschlachtet worden waren. Entsetzt rannte Dagobärt zu Herrn Grinsly und zeigte ihm die Verträge.

Seit diesem Tag lebten die Bankbären in ständiger Sorge, ob wohl der Polizei aufgefallen war, dass zwei spurlos verschwundene Personen im gleichen Haus wohnten und bei der gleichen Bank ein Darlehen aufgenommen hatten. Dann würde nämlich die Bank sicherlich genau unter die Lupe genommen werden, und zwar von Leuten, die nicht aus Geldnot herkamen und bei denen deswegen der magische Charme der Teddybären nicht wirken würde.

Als jetzt Monika zur Tür hereinkam, fragten sich alle Bären sogleich, ob sie etwas wusste oder ahnte. Wenn nicht, so konnte sie oder die Polizei später trotzdem noch auf die Zusammenhänge stoßen. Und wenn ja, dann steckten sie erst recht in einer Zwickmühle. Wenn sie Monika am Leben ließen, dann könnte sie ihren Verdacht ausplaudern. Und wenn sie Monika schlachteten, dann wäre die dritte Person mit der gleichen Adresse und der gleichen Bankverbindung verschwunden, und zwar ohne Motiv wie bei Klaus. Das würde dann mit Sicherheit gründlichste Nachforschungen mit sich bringen, die die Bären bei Ausübung ihrer Bankgeschäfte sehr stören würde.

Herr Grinsly stand mit sehr mulmigen Gefühlen von seinem Bürostuhl auf und zwang sich zu einer höflichen Begrüßung.

„Ja, guten Tag, Frau Pleitner! Was führt Sie denn zu uns?" Dabei hoffte er , dass Monika seine unsichere Stimme nicht bemerkte.

Aber Monika plagten ganz andere Sorgen.

„Es geht um unser Darlehen...", begann sie zögernd.

„Gehen wir doch ins Büro zu meiner Frau!" schlug Herr Grinsly vor und geleitete Monika dorthin.

Frau Grinsly begrüßte Monika ebenfalls höflich und bot ihr den Besucherstuhl vor ihrem Schreibtisch an. Dankbar nahm sie Platz. Die feinen Trennlinien zwischen einigen Bodenfliesen, die zur Falltür gehörten, bemerkte sie nicht.

„Was können wir denn für Sie tun?" erkundigte sich Frau Grinsly scheinheilig.

„Ja... also... mein Mann ist verschwunden... und ich muss jetzt alleine verdienen... und ich kann unseren Kredit nicht zurückzahlen."

Die beiden Bären taten erschrocken.

„Verschwunden?!" fragte Frau Grinsly mit gespieltem Entsetzen. „Aber warum? Und wohin?"

„Ja, also... der Kredit, den wir von Ihnen bekommen haben.... Zuerst dachte ich, mein Mann wäre mit dem Geld und dieser Elvira Enterich durchgebrannt, wissen Sie, auch eine Kundin von Ihnen, die uns Ihre Adresse gegeben hat. Die ist nämlich auch verschwunden."

Frau und Herr Grinsly zogen entsetzt die Luft durch ihre schwarzen, feuchten Nasen ein.

„Aber jetzt war die Polizei bei mir", fuhr Monika fort. „Es hat sich ein Zeuge gemeldet, der aussagt, dass mein Mann offenbar geplant hat, das Geld im Spielcasino zu vermehren. Dabei hat er alles verloren. Seitdem ist er weg. Vielleicht hat er sich das Leben genommen!" Monika schluchzte.

Die beiden Bären sahen sie mitleidig an. Die Version vom Selbstmord bedeutete erstmal Entwarnung. Zur Sicherheit mussten sie nur noch wissen, was die Polizei darüber dachte.

„Geht die Polizei denn auch von einem Selbstmord aus?" fragte Herr Grinsly vorsichtig.

„Nach Lage der Dinge: ja", antwortete Monika traurig. „Zuerst fand es der Kriminalbeamte ja auch seltsam, dass zwei Personen mit der gleichen Adresse verschwunden sind. Aber inzwischen ist dem wohl auch klar geworden, dass mein Mann überhaupt nichts mit dieser Elvira zu tun hat. Wenn er sich wirklich mit den 6.000 Mark ein tolles Wochenende gemacht hätte, dann hätte er mehr Geschmack bewiesen. Das habe ich dem Beamten auch schon gesagt. Und außerdem noch, dass wir die Elvira mal mit so einem widerlichen Zuhältertyp gesehen haben. Jetzt will die Kripo sich mal um den kümmern."

Herr Grinsly spürte große Erleichterung, dass offenbar niemand auf die gleiche Bankverbindung der beiden Verschwundenen gestoßen war. Er drehte ganz wenig den Kopf hin und her, um seiner Frau so zu signalisieren, die Falltür nicht zu betätigen. Bloß nicht noch mehr Unruhe in die Geschichte bringen! Allmählich dürfte gerne ein Spaziergänger die Leiche von Klaus finden. Jetzt war genug Zeit verstrichen, dass sein fleischloses Skelett mit Verwesung zu erklären war.

Frau und Herr Grinsly geleiteten Monika höflich zur Tür und versicherten ihr, dass sie sich mit den Raten ruhig etwas Zeit lassen könne. Als Monika gegangen war, plumpsten sie erleichtert auf zwei Wartestühle im Schalterraum. Die anderen Bären kamen neugierig herbei, um die neuesten Ereignisse aus erster Quelle zu erfahren.

## 9. Tod eines Würgers

Am nächsten Tag begann Herr Würger, in allen ihm zur Verfügung stehenden Verzeichnissen, Listen und Datenbanken nach Informationen über diese ominöse Bank zu stöbern. Viel fand er nicht.

Ein Gedanke begann in ihm zu keimen. Ob sich dort jemand ohne behördliche Genehmigung als Kreditinstitut betätigte? ‚Kredithai‘ konnte man angesichts der Zinsen noch nicht sagen. Aber Herr Würger dachte an etwas anderes.

Wie wir bereits wissen, wollte er hoch hinaus. Einige Wünsche hatte er sich bereits erfüllt. Er besaß eine luxuriöse 3-Zimmer-Eigentumswohnung (an der er noch abbezahlen musste) und ein teures Sportcabriolet. Aber sein ausschweifender Lebensstil erschwerte den systematischen Vermögensaufbau. Er leistete sich kostspielige Wochenendausflüge und erstklassige Urlaubsreisen, wobei er doch jedes Mal wieder erschrak, was für unverschämte Preise bei derartigen Unternehmungen verlangt wurden. Um dieses gewohnte Leben abzusichern, und das in Zukunft möglichst noch ohne den ständigen Zwang, dafür arbeiten zu müssen, brauchte er Geld, viel Geld, möglichst noch mehr, um von den Zinsen leben zu können.

Hier bot sich eventuell eine Gelegenheit. Der kopierte Kreditvertrag von Monika bewies ja, dass dort Geld gegen Zinsen verliehen wurde, und die Tatsache, dass diese Bank nirgendwo registriert war, bewies, dass sie sozusagen schwarz arbeitete. Mit diesen Kenntnissen konnte er vielleicht die Bankbetreiber veranlassen, ihm zur Vermeidung einer Strafanzeige ein monatliches ‚Beratungs-Honorar‘ zu zahlen.

Je länger Herr Würger darüber nachdachte (und er dachte das ganze Wochenende darüber nach), umso besser gefiel ihm die Aussicht auf ein Nebeneinkommen. Über die Höhe würde man sich bestimmt einig werden. Erstmal wollte er den Laden besuchen, um dessen finanzielle Situation abzuklopfen. Das nahm er sich für den Montag vor. Er würde einfach morgens auf der Arbeit anrufen und sagen, dass er wegen eines unvorhergesehenen Zahnarztbesuches später käme.

Während Herr Würger am Montagmorgen seinen Sportwagen mühsam in die einzige Parklücke bei der Teddybärenbank quetschte, vertrieben sich Bärona und Dagobärt an ihren Schreibtischen die Zeit mit Rätselaufgaben.

„Wie nennt man einen dicken, lauten Teddy?" fragte Dagobärt mit schelmischem Grinsen Bärona. Die sah ihn verständnislos an.

„Weiß' ich nicht", musste sie zugeben.

Dagobärt nahm seinen Kugelschreiber von der Tischplatte auf und hielt ihn Bärona triumphierend vors Gesicht.

„So!" klärte er sie auf. Sie sah ihn immer noch ratlos an.

„Hä?" fragte sie.

„Na, ist doch klar: Kugel-Schrei-Bär."

Bärona verdrehte gequält die Augen zur Decke.

„Ätzend!" kommentierte sie, um den Witz abzuqualifizieren.

Die Eingangstür wurde geöffnet, und ein Mann in teurem Anzug und mit einem Schnauzbart trat ein.

Die Nasenlöcher von Bärona und Dagobärt öffneten sich, und ihre Sinne schalteten auf Alarm. Auch Herr Grinsly und Frau Plauz unterbrachen ihre Arbeit und sahen gespannt auf den eleganten Herren, der eben die Bank betreten hatte und sich jetzt für einen Moment suchend umsah.

Als Raubtiere verfügten sie über fein entwickelte Antennen, und diese signalisierten ihnen jetzt Gefahr. Dieser Mann war nicht in Not, wie die sonstigen Kunden der Bank. Deshalb wirkte der magische Charme, den die Teddybären sonst ausstrahlten, bei ihm auch nur sehr bedingt. Dieser

Mann plante Böses!

Herr Würger hatte mit dem geübten Blick eines Bankfilialleiters schnell herausgefunden, dass Herr Grinsly hier der maßgebende Vorgesetzte war. Zielstrebig ging er auf dessen Schreibtisch zu.

Herrn Grinslys Fellhaare um seine Schnauze vibrierten vor gespannter Wachsamkeit, als der Besucher mit schmierigem Grinsen an den Schreibtisch trat und sich ohne Aufforderung auf einen der beiden Besucherstühle setzte. Die anderen Bankbären saßen ebenfalls mucksmäuschenstill auf ihren Plätzen und beobachteten aufmerksam die Szene.

Auch im Büro nebenan hatte Frau Grinsly die Spannung gespürt. Ihr PC zeigte jetzt nicht mehr das übliche Büroprogramm, sondern den Schalterraum, der von einer Kamera überwacht wurde. Sorgfältig beobachtete sie jede Bewegung des Fremden.

Und hinter der Tür mit dem Schild ‚Zur Kantine' stand Lorbär auf der obersten Treppenstufe und presste lauschend sein linkes Fellohr an die Tür. Seine rechte Vordertatze umfasste bereits den Griff des riesigen Schlachtermessers, das wie üblich in seinem Schürzenbund steckte.

„Guten Tag!" begrüßte Herr Grinsly vorsichtig Herrn Würger. „Was kann ich für Sie tun?" Seine Stimme klang abtastend, so wie jemand nachts über einen frisch zugefrorenen See geht.

„Tach!" antwortete Herr Würger nachlässig. Er fühlte sich weit überlegen. „Ich komme sozusagen von Ihrer Konkurrenz. Der Name tut nichts zur Sache. Jedenfalls haben wir bei uns eine Kreditkundin, die durch... gewisse Umstände nicht mehr liquide ist. Und was stelle ich bei Durchsicht der Akten fest? Die Dame hat bei Ihnen auch noch einen Kredit laufen! Natürlich habe ich sofort Informationen über Ihr mir vollkommen unbekanntes Unternehmen eingeholt. Dummerweise habe ich kaum etwas gefunden. Das ist doch eigenartig für eine lizenzierte Bank, finden Sie nicht auch? Sie haben doch eine Lizenz, oder?" Herr Würger stierte Herrn

Grinsly mit triefend sarkastischem Lächeln an.

Dieser saß wie versteinert da. Seine Frau und er besaßen nämlich tatsächlich keine Lizenz. Sie hatten die Bank einfach eröffnet, und bis jetzt hatte niemand dumme Fragen gestellt. Solch umständlicher Behördenkram interessierte sie einfach nicht. Im Übrigen konnte er sich ausmalen, welche Antwort ein Bär auf dem Wirtschafts- und Ordnungsamt bekäme, wenn er einen Gewerbeschein beantragte: Er konnte sich freuen, wenn man ihn nicht prompt in den nächsten Zoo verfrachtete.

Herrn Würger sagte das Schweigen genug.

„Aber ich bitte Sie!" schleimte er Herrn Grinsly an. „Wir als Geschäftsleute können doch solche Formsachen unkompliziert regeln. Für eine gewisse... äh... Umsatzbeteiligung könnte ich als Ihr Geschäftspartner eine Menge für Sie erreichen. Zum Beispiel, dass Sie in Zukunft von solchen zugegebenermaßen lästigen Fragen verschont bleiben."

Herr Grinsly kochte innerlich vor Wut. Normalerweise würde ein Tatzenhieb von ihm ausreichen, um diesen widerlich grinsenden Kopf vom Hals zu fetzen und mit einem letzten verwunderten Gesichtsausdruck über den grün-braun gemusterten Veloursteppich kullern zu lassen, während aus den abgerissenen Schlagadern im Halsstumpf noch ein paar Blutstöße in Richtung Decke spritzen würden. Aber hier schien Vorsicht angebracht. So ein Kerl ging nicht einfach zu jemandem hin, den er nicht kannte und erpresste ihn. Vermutlich hatte er sich abgesichert, sei es, dass ein Komplize draußen auf ihn wartete oder dass er hinterlassen hatte, wo er hingegangen war. Herr Grinsly konnte nicht wissen, dass dieser Typ in seiner überheblichen Siegesgewissheit keine derartigen Vorkehrungen getroffen hatte.

Herr Würger bemerkte nicht, dass Dagobärt sich von seinem Arbeitsplatz entfernte und in einem kleinen Nebenraum verschwand. Dort zog er sich einen Trenchcoat an und setzte einen breitkrempigen Hut auf, wie er in den 50er Jahren modern gewesen war. Durch eine Hintertür gelangte er aus der Bank direkt auf den Hinterhof, wo der dunkelblaue Mercedes parkte. Selbst wenn jemand ihn beobachtet hätte, wäre ihm allenfalls der überdurchschnittlich große Kopf und der etwas tapsige Gang aufgefallen. Aber das schmutzig-gelbe Wellplastikdach verbarg vor allen Blicken, dass ein Bär in Hut und Mantel den Mercedes aufschloss, hinter dem Steuer Platz nahm und den Wagen in die Ausfahrt manövrierte, wo er mit laufendem Motor stehen blieb und darauf wartete, dass jemand die Bank verließ.

In der Bank hatte Herr Grinsly zufrieden registriert, dass seine Mitarbeiter ebenfalls wachsam gewesen waren und gewisse Vorkehrungen eingeleitet hatten.

„Nun", sprach er nachdenklich zu Herrn Würger, „ich denke, dass wir eine gemeinsame Basis finden könnten..."

„Es ist ein Vergnügen, mit Ihnen Geschäfte zu machen!" redete der siegesgewisse Herr Würger dazwischen. „Es ist mir auch klar, dass der Rahmen noch abgesteckt werden muss. Ich werde mich morgen also bei Ihnen melden, um Ihr Angebot entgegenzunehmen."

Er stand auf, machte eine Verbeugung, die gerade das Gegenteil, nämlich Geringschätzigkeit ausdrückte und stakste wortlos mit breitem Grinsen aus der Bank.

Draußen bestieg er seinen Sportwagen, der am Straßenrand parkte, und fuhr ab. In seiner Überheblichkeit bemerkte er nicht, dass er von einem großen, dunkelblauen Mercedes älterer Bauart verfolgt wurde.


In der Bank saßen inzwischen Herr und Frau Grinsly, Frau Plauz, Bärona und Lorbär sorgenvoll um Herrn Grinslys Schreibtisch beisammen und diskutierten die Situation.

Ihr Leben war nicht von der Bank abhängig. Früher hatten sie sich auch mit Jagen, Fischfang und dem Sammeln von Früchten ernährt. Aber sie waren stolz darauf, dass es ihnen als erste Generation gelungen war, aus dem Niveau der bloßen Waldbewohner aufzusteigen und einen höheren Lebensstandard für sich und ihre ganze Sippe im Wald zu erreichen.

Fast alle Bärenhöhlen dort waren inzwischen mit elektrischem Licht, Kühlschrank und Fernseher ausgestattet, und die Teddykinder düsten mit Mountain-Bikes durch den Wald. Erst durch die moderne Technik mit Telefon, Telefax, e-mails, Internet-Banking und Online-broking waren die einträglichen Bank- und Börsengeschäfte überhaupt möglich geworden, ohne bärsönlich in Erscheinung treten zu müssen. Es soll ja Leute geben, die Bären als Bankiers für ungeeignet halten.

Und jetzt schien alles Erworbene in Gefahr. Wenn man sich an einen gewissen Komfort gewöhnt hat, fällt der Rückschritt zum Alten sehr schwer.

Die Bankbären einigten sich schnell darauf, dass dieser gefährliche Mann beiseite geschafft werden musste. Zur Bekräftigung dieses Entschlusses riss Lorbär sein Schlachtermesser aus der Schürze und rammte es mit der Spitze in Herrn Grinslys Schreibtischplatte, wo es leicht schwankend stecken blieb.

Frau und Herr Grinsly blickten ihn vorwurfsvoll an.

Nach zwei Stunden erschien Dagobärt wieder bei seinen Kollegen und erstattete Bericht.

„Der Kerl heißt Würger, ist Junggeselle, arbeitet als stellvertretender Filialleiter bei der Regionalbank in der Göbelstraße und wohnt im Koniferenweg 12."

Angesichts dieser Auskünfte beruhigten sich die Bären wieder. Jetzt besaß die Bedrohung einen Namen und eine Ortsangabe und war nicht mehr so schrecklich anonym.

„Mein lieber Dagobärt, mein lieber Lorbär!" sprach Herr Grinsly bedeutungsschwer zu seinen männlichen Mitarbeitern. „Diese Nacht wird leider kürzer als üblich. Wir müssen nämlich einem gewissen Herren einen unerwarteten Besuch abstatten."

Im Koniferenweg, der in einem vornehmen Stadtteil lag, parkten nachts nur wenige Autos am Straßenrand. Man besaß Garagen.

Es bereitete deshalb auch mit einem großen Mercedes keine Schwierigkeiten, einen wunschgemäßen Parkplatz am Straßenrand zu finden. In diesem Fall lag der gewünschte Platz genau zwischen dem Eingang vom Haus Nr. 12 und der etwa acht Meter entfernt liegenden Einfahrt zur dazugehörigen Tiefgarage.

Gegen 23.00 Uhr kam ein Sportwagen herangefahren und bog in die Garageneinfahrt ein. Per Fernbedienung öffnete Herr Würger das Tor und fuhr sein liebes Statussymbol auf den reservierten Platz. Nach dem Verlassen der Garage schloss er das Tor und ging die Auffahrt hinauf, um die paar Schritte zum Hauseingang zurückzulegen.

Er kam von seinem Fitness-Center, hatte dort sein Ausdauer-Training absolviert und sich danach zwei entspannende Saunagänge geleistet, wobei er stets bemüht war, seinen kräftigen, makellosen Luxuskörper den jungen, weiblichen Clubmitgliedern zur Schau zu stellen. Jetzt, wo ihn vermeintlich niemand beobachtete, leistete er sich doch einen langen Gähner. Seine Augenlider wurden schon schwer. Zeit, in die Heia zu hüpfen!

Weil er sich selbst körperlich ziemlich stark fühlte, entsetzte es ihn doch, mit *welcher Kraft und Geschwindigkeit* er von hinten gepackt und in den Kofferraum eines vorher überhaupt nicht beachteten Autos gestopft wurde. Der Deckel knallte zu, und eine Sekunde später fuhr der Wagen ab.

Noch mehr entsetzte es ihn, als er spürte, dass er sich nicht alleine in diesem Kofferraum befand. Ein großes, haariges und schnaufendes Wesen lag ebenfalls noch hier.

Und am meisten entsetzte es ihn, wenn auch nur für einen sehr kurzen Moment, dass dieses Wesen gewaltige Zähne besaß und ihm jetzt mit diesen Zähnen seinen Hals durchbiss.

## 10. Ende der Ungewissheit

Erich Kameier wohnte am südlichen Rande der großen Stadt, direkt an einem schönen Ausflugsgebiet, das unter Naturschutz stand.

Seit zwei Jahren war er Rentner. Früher, als er noch jeden Tag seinem nervenzehrenden Job als Abteilungsleiter nachgegangen war, hatte er immer vom Ruhestand geträumt, wenn sie ihn endlich alle mal gern haben konnten, wenn es keine Verpflichtungen und Termine mehr gab, kein frühes Aufstehen und kein Vordiktieren der Urlaubstermine, keine Besprechungen bis spät abends und keine Magenbeschwerden wegen Terminverzugs.

Nach einigen Monaten des Ausspannens musste er jedoch feststellen, dass er nur für die Arbeit gelebt und nie irgendwelche Hobbies oder Freizeitinteressen gepflegt hatte. Die Fleischers von nebenan gingen schon seit Jahren regelmäßig zum Tennisspielen. Herr und Frau Wölk, die Nachbarn zur anderen Seite, hatten sich von seiner Abfindung ein Wohnmobil gekauft und fuhren nun kreuz und quer durch Europa. Herr Richter von gegenüber bastelte begeistert ferngelenkte Modellflugzeuge und ging alltags, wenn keine Spaziergänger unterwegs waren, ins verlassene Ausflugsgebiet, um einen fliegen zu lassen, wie er dann grinsend sagte. Und Herr Kuntze, der neben den Richters wohnte, war (zum Leidwesen seiner Frau) ein passionierter Angler, der mindestens zweimal pro Woche um vier Uhr morgens aufstand und auf Fischzug ging.

Aber Erich Kameier konnte sich nicht so recht für eine Beschäftigung dermaßen begeistern, dass er sie nun fortan mit Leidenschaft ausgeübt hätte. Manchmal ertappte er sich dabei, wie er seine Frau um ihren Halbtagsjob als Büroangestellte beneidete. Noch ein Jahr, dann konnte sie auch in den Vorruhestand gehen. Hoffentlich kam es dann nicht so weit, dass sie sich gegenseitig anödeten!

Manches, das er früher aus Zeitmangel gar nicht oder nur in fliegender Hast erledigt hatte, tat er nun langsam und überlegt, allerdings, ohne sich einzugestehen, dass er auf diese Weise die Zeit herumkriegen wollte.

So ging er an diesem Vormittag, während seine Frau zur Arbeit war, gemächlich die ruhigen Seitenstraßen mit den Einfamilienhäusern entlang, um in der nächstgrößeren Geschäftsstraße beim Elektrohändler einen neuen Lichtschalter für die Kellerlampe zu besorgen. Dabei achtete er sorgfältig auf alles, ob sich nicht irgendwo eine Gelegenheit zu einer willkommenen Abwechslung bot, so wie damals, als er einen gerade entstehenden Mülltonnenbrand entdeckt und tatkräftig bei dessen Bekämpfung mitgeholfen hatte.

Dort, wo die Straße zum Naturschutzgebiet abzweigte, stand doch tatsächlich immer noch dieser rote Opel Astra! Seit einigen Wochen parkte der schon dort, und inzwischen war er schon stark verschmutzt und von Laub bedeckt, während alle anderen Autos regelmäßig gewaschen wurden. Erich Kameier besah sich die Nummernschilder genauer. Sie trugen noch alle Plaketten. Er notierte sich das Kennzeichen und nahm sich vor, später bei der Polizei nachzufragen, ob der Wagen vielleicht gestohlen worden war.

Die Reaktion auf seinen Anruf überraschte ihn dann doch. Schon zehn Minuten später hielt ein Streifenwagen vor seinem Haus, und die beiden Beamten ließen sich zu dem Opel führen. Nachdem sie den Wagen kurz untersucht hatten, brabbelte einer von ihnen in das Funkgerät. Nach weiteren zehn Minuten kam ein Zivilfahrzeug der Kripo mit quietschenden Reifen um die Ecke gebraust. Zwei Männer stiegen aus, von denen sich der eine als Kriminalobermeister Frunze vorstellte und sich von Herrn Kameier noch einmal alles über den roten Opel schildern ließ. Der andere Beamte, ein Kfz-Spezialist, öffnete in wenigen Sekunden die Fahrertür und den Kofferraum.

Herr Kameier verspürte große Enttäuschung, dass das Ergebnis ein ganz normaler Kofferraum war. Seine Hoffnung, am nächsten Tag einen reißerischen Zeitungsartikel mit seinem Foto bei allen Nachbarn herumzeigen zu können, schwand dahin.

Nach einigen weiteren Funkgesprächen erschien 20 Minuten später ein Abschleppwagen, und der rote Opel wurde unter Aufsicht des Kfz-Spezialisten vorsichtig verladen, um zur kriminaltechnischen Untersuchung gebracht zu werden.

Kurz darauf fuhren zwei Mannschaftstransportwagen mit einem Haufen Polizisten vor, die sich daran machten, das Ausflugsgebiet zu durchkämmen.

Eine halbe Stunde später wurde am Fuß eines Abhangs im dichten Gebüsch eine skelettierte Leiche im verwitterten Anzug gefunden.

Für Monika hatte die wochenlange Ungewissheit nun ein Ende. Und auch die mit einem schwarzen Kreuz auf dem Küchenkalender markierten Tage. Am 43. schwarzen Tag musste sie anhand der Uhr, der Brieftasche, des Eheringes und des Anzuges ihren toten Mann identifizieren.

Die Tatsache, mit Mitte Zwanzig Witwe zu sein, ließ ihr Gesicht in wenigen Tagen um ein paar Jahre altern.

Bei der Untersuchung der Leiche entdeckte man das gebrochene Genick. Aber keine weiteren Spuren von Gewaltanwendung.

Ein Selbstmord schien deswegen unwahrscheinlich, weil Klaus keinen Abschiedsbrief hinterlassen hatte. Außerdem wäre der Abhang, an dessen Fuß er gefunden worden war, für einen geplanten Freitod viel zu ungefährlich.

Der Gedanke an einen Raubüberfall wurde ebenfalls verworfen, denn der Tote trug noch seine Uhr, seine Brieftasche und die Autoschlüssel bei sich. Und über den Verbleib der 6.000 Mark hatte ja bereits der Croupier Redemann als Zeuge ausgesagt.

Also wurde der Tod von Klaus als Unfall so erklärt, dass er in seinem ratlosen Zustand, eventuell sogar angetrunken, auf der Suche nach einem Ausweg in dem Ausflugsgebiet umhergeirrt und durch einen Fehltritt ausgerutscht und den Abhang hinuntergestürzt war, wobei er sich den Hals gebrochen hatte.

Einige Tage nach Vorliegen des amtlichen Untersuchungsberichtes erhielt Monika einen höflichen und teilnahmsvollen Brief von Klaus' Lebensversicherung. Darin wurde ihr herzliches Beileid ausgesprochen und als Unterstützung für die nun vor ihr liegenden schweren Zeiten die Überweisung der Versicherungssumme von 50.000 Mark innerhalb der nächsten Wochen in Aussicht gestellt.

Sie kopierte das Schreiben dreimal, schrieb dann an ihre Gläubiger - die Banken und das Autohaus - und bat sie, sich noch so lange zu gedulden, bis die Summe überwiesen worden war. Dann würde sie selbstverständlich ihre Schulden sofort begleichen.

## 11. Spieglein, Spieglein in dem Wald

Eines Nachmittags, etwa einen Monat, nachdem das Problem mit Herrn Würger gelöst worden war, saß Frau Plauz wie üblich in ihrem Kassenschalter und war mit der schwierigen Aufgabe beschäftigt, mit ihren Vordertatzen Münzen in die entsprechend vorgedruckten Papierblättchen einzurollen. Die von der Straße gedämpft hereindringenden Geräusche nahm sie nur unterschwellig wahr.

Die Gesprächsfetzen zweier vorübergehender Passanten ließen sie schlagartig aufhorchen.

„Das hier ist diese naive Bank, die ich damals mit der alten Saufnase abgeledert habe!" prahlte eine ihr bekannte Stimme. Als Antwort kam ein dreckiges Lachen.

Frau Plauz stürzte an das Schaufenster, das zum Teil die Rückwand des Kassenschalters bildete, und spähte durch die von der Decke hängenden und ineinander verschachtelten Milchglasscheiben hinaus.

Dort ging tatsächlich gerade dieser Alfred mit einem Kumpan vorbei, der vor etwa zwei Monaten zusammen mit Elvira Enterich einen Kredit von 10.000 Mark aufgenommen und sich dann damit verdrückt hatte. Diese Elvira konnte das Darlehen nicht zurückzahlen, was ihr schlecht bekommen war.

„Bärtram! Dagobärt!" kreischte Frau Plauz. Sofort sprangen die beiden von ihren Bürostühlen auf. Vor Schreck vergaßen sie den aufrechten, menschenähnlichen Gang und kamen auf allen Vieren angerannt. Es sah schon einigermaßen drollig aus, wie Herr Grinsly in seinem dunkelblauen Anzug mit Weste und Jackett auf vier Tatzen lief. Dagobärt hatte dabei Pech, denn er trug nur eine Hose und ein weißes Oberhemd, so dass sein Schlips zwischen den Vordertatzen auf dem Boden hing. Er trat darauf, überschlug sich mit einem Purzelbaum und landete neben Herrn Grinsly am

Schaufenster.

Fluchend rappelte er sich auf, rückte seine Brille zurecht und spähte dann ebenfalls auf die Straße. Gerade sahen sie noch Alfred und seinen Kumpan auf die Reihe der am Straßenrand geparkten Wagen zusteuern.

Blitzartig rannten Dagobärt und Herr Grinsly in den Garderobenraum (diesmal in aufrechter Haltung), warfen sich in Hut und Mantel und sprangen draußen in den Mercedes. Als sie zur Toreinfahrt herauskamen, hatte Frau Plauz bereits eine Verbindung mit dem Autotelefon hergestellt.

„Der rote amerikanische Sportwagen mit dem schwarzen Stoffdach!" informierte sie die Bären im Mercedes. Dagobärt folgte dem gerade abgefahrenen Wagen.

Es wurde eine sehr lange Beschattung daraus.

Zuerst fuhr Alfred zu einer zwielichtigen Kneipe in einer zweifelhaften Gegend. Diese betrat er mit seinem Begleiter.

Nach etwa einer Stunde kam er alleine mit zufriedenem Grinsen wieder heraus. Als er zu seinem Wagen ging, kam er dicht an dem Mercedes vorbei, dessen verspiegelte Seitenscheibe einen Spaltbreit heruntergelassen war. Dagobärts und Herrn Grinslys feine Nasen zuckten angewidert hoch. Der Typ trug bestimmt ein Pfund Heroin bei sich!

Er bestieg sein Auto und fuhr fast eine Stunde durch den Feierabendverkehr zu einem Puff. Vor der Tür parkte er und ging mit seiner Heroinfracht hinein.

Es wurde eine schwere Geduldsprobe für Dagobärt und Herrn Grinsly, denn Alfred blieb sehr lange in dem Haus.

Bereits nach einer Stunde begann der Hunger die beiden Bärobachter zu quälen. In entsprechendem Maße verschlechterte sich deren Laune. Je mehr ihre Bäuche knurrten, umso entschlossener diskutierten sie, ob sie Alfred beim Verlassen des Hauses gleich einkassieren und auffressen sollten. Das Einzige, was sie daran hinderte, war der stetige Fußgängerverkehr vor dem Haus. Normalerweise würden sie um diese Zeit bereits zu Hause im Wald in ihren Höhlen sitzen und ihr Abendessen genießen.

Das Gleiche galt für die in der Bank zurückgebliebenen Bären, mit denen sie alle halbe Stunde telefonierten und die ihnen Mut zusprachen. Aber im Gegensatz zu den Bären im Mercedes bekamen die Bankiers von Lorbär ein gutes Abendessen serviert.

Viereinhalb Stunden, nachdem sie von der Bank aus ihre Verfolgung gestartet hatten, war Dagobärts und Herrn Grinslys Stimmung auf dem Nullpunkt angelangt.

Plötzlich hielt ein Wagen auf der Straße direkt neben ihrem Mercedes und hupte. Erstaunt erkannten sie Lorbärs Golf. Die rechte Seitenscheibe wurde heruntergekurbelt, worauf Dagobärt ebenfalls sein Fenster auf der Fahrerseite öffnete, und dann erblickten sie hocherfreut Lorbär am Steuer und Frau Grinsly auf dem Beifahrersitz, die ihnen ein liebevoll gepacktes Fresspaket und eine Thermosflasche mit Kaffee herüberreichte. Hinten im Golf saßen Frau Plauz und Bärona, die beide als Zeichen des Glückwunsches ihre rechte Daumenkralle hochhielten.

„Viel Glück, ihr beiden!" rief Frau Grinsly aus dem Fenster. „Wir fahren nach Hause und erstatten Bericht!"

Dann musste Lorbär weiterfahren, weil die Autos hinter ihm bereits ungeduldig hupten.

Der überraschende Besuch und die unerwartete Nahrung gaben Herrn Grinsly und Dagobärt neuen Mut. Zusätzlich beruhigte sie die Tatsache, dass alle Bären im Wald jetzt von den Heimkehrern berichtet bekamen, was in der Stadt außergewöhnliches vor sich ging.

Es dauerte aber noch einmal zwei Stunden, bis Alfred endlich aus dem Puff herauskam. Sein zufriedenes Grinsen von vorhin sah jetzt grimmiger aus. Zwar hatte er das Rauschgift zu einem guten Preis losschlagen können, aber dann gab es Ärger mit einer Neuen.

Sie war illegal aus Osteuropa eingewandert und hatte sich auf Alfreds Anzeige beworben, in der ‚Gesellschafterinnen für gut situierte Herren' gesucht wurden. Als sie feststellte, dass sie als Prostituierte in einem üblen Puff gelandet war, wollte die doch tatsächlich wieder aussteigen! Alfred musste ihre Sprachschwierigkeiten mit ein paar kräftigen Ohrfeigen beseitigen, bis sie endlich kapierte, dass sie vor der Kündigung erstmal ihre ‚Ausbildungskosten' in Höhe von 20.000 Mark (für einen Tag Einweisung) abzustottern hatte.

Alfred bestieg seinen Wagen und fuhr los. Dagobärt folgte ihm, während Herr Grinsly mit dem Autotelefon bei seiner Frau im Wald anrief und alle dort in seiner Höhle gespannt wartenden Bären über die Fahrtroute informierte.

Je länger Alfred durch die Nacht fuhr, umso unruhiger wurden seine Verfolger und die am Telefon mithörenden Teddys. Alfred fuhr genau den gleichen Weg, den die Bären auch nach Haus in den Wald genommen hätten! Was hatte das zu bedeuten?

Wie sich bald herausstellte, handelte es sich um einen Zufall, denn Alfred wohnte in einem Ort in der Nähe des großen Waldes.

Dagobärt und Herr Grinsly erlebten die zweite freudige Überraschung an diesem Abend, als sie während der Verfolgung über die einsame, nächtliche Landstraße dicht an ihrem Wohngebiet vorbeikamen, und auf einmal mehrere schemenhafte Bärengestalten am dunklen Straßenrand erblickten, die ihnen aufmunternd zuwinkten.

Kurze Zeit später kam Alfred bei seinem Haus an.

Beruhigt und erschöpft fuhren Dagobärt und Herr Grinsly zurück, bogen von der Landstraße ab und fuhren ein gutes Stück über getarnte Wege und Brücken tief in den Wald hinein, bis sie in ihrer Siedlung ankamen.

Ungefähr 20 Bären hatten sich in Grinslys Höhle versammelt und gespannt auf die Verfolger gewartet. Jetzt mussten die beiden noch einmal haarklein jedes Detail ihres Abenteuers berichten, während Frau Grinsly Tee und Kekse servierte. Anschließend diskutierten die Teddys eifrig, wie sie solch einen Menschen unschädlich machen konnten.

Und wie das so ist, wenn mehrere Gehirne zusammenarbeiten: Es kam eine Idee dabei heraus.

Und aus dieser Idee erwuchs ein Plan.

In der Weißbrotstraße stand eine Lagerhalle.

Sie stand schon lange da, schon seit den dreißiger Jahren. Nach dem Krieg gehörte sie einer Spedition. Danach wechselte sie noch öfter den Besitzer und diente zuletzt einem Möbeltransportunternehmen, das dann seinen Betrieb aufgab.

So stand die alte Halle zwei Jahre leer. In dem Maße, wie sie durch darin übernachtende Stadtstreicher und spielende Kinder herunterkam, fiel auch der Preis, zu dem sie monatelang vom Makler angeboten wurde.

Dann wurde sie von einem jungen Paar entdeckt, beide Sportstudenten im letzten Semester.

Sie träumten davon, ein eigenes Fitness-Studio zu eröffnen. Dazu schien diese alte Lagerhalle ideal: ausreichend groß, etwa 500 Quadratmeter, genug Parkplatz, weil hier ja früher große Lkw rangierten, solide Bauweise für die schweren Trainingsgeräte und etwas entfernt gelegen von den nächsten Wohnhäusern wegen der (hoffentlich) ständig ankommenden und abfahrenden zukünftigen Clubmitglieder.

Die Mutter der Sportstudentin, eine unternehmungslustige und finanzkräftige Fünfzigerin, spendete das Startkapital, und so wurde von den dreien die Halle und einige gebrauchte Trainingsmaschinen und Hantelbänke gekauft.

Größtenteils in Eigenarbeit wurde die Halle ausgeweidet und dann darin neue Mauern hochgezogen, um die Umkleideräume, Toiletten und Duschen für Damen und Herren sowie eine Sauna abzuteilen. Mehrere Bekannte der beiden Jungunternehmer halfen beim Mauern, Verputzen, Wasser- und Stromleitungen verlegen, Fliesen, Verfugen und Malen. Dafür bekamen sie eine kostenlose Jahresmitgliedschaft geschenkt.

Parallel dazu wurde in Kleinanzeigen die Werbung angekurbelt, so dass die ersten neuen Mitglieder ihren zukünftigen Trainingsort schon im Entstehen besichtigen konnten.

Nach den Maurer- und Installateurarbeiten wurde die Halle innen und außen frisch gemalt, die hässlichen, kalten Neonlampen durch moderne Strahler ersetzt und der gesamte Trainingsbereich mit rotbraunem Velours ausgelegt.

Bevor nun die gebraucht erworbenen und neu angestrichenen Geräte aufgestellt werden konnten, fehlte noch etwas Wesentliches, und zwar die Spiegel.

Jede freie Wandfläche zwischen den Fenstern und jeder Pfeiler sollte nämlich mit zwei Meter hohem Spiegelglas verkleidet werden. Zum einen, um die gesamte Halle größer und heller wirken zu lassen, und zum anderen, damit die dort Trainierenden bei den Übungen ihre korrekte Körperhaltung überprüfen konnten.

Die Spiegel in der Größe von zwei mal zwei Metern erinnerten an Schaufensterscheiben und wurden von einem Lastwagen mit Kran in einem Holzverschlag angeliefert und auf dem Parkplatz abgestellt. Da die Malerarbeiten zu dieser Zeit noch nicht abgeschlossen waren, stand der Verschlag mit den Spiegeln einige Tage draußen.

Als die Glaser endlich an die Arbeit gehen wollten, stellten sie fest, dass zwei der Spiegelscheiben verschwunden waren.

Weil es sich offensichtlich um einen Diebstahl handelte, wurde Anzeige gegen Unbekannt erstattet, allein schon wegen des Kleingedruckten der Versicherung.

Ein junger Kriminalmeister wurde an den Tatort geschickt, um sich die Sache anzusehen. Das Diebstahlsdezernat konnte sich in einer großen Stadt nicht über Arbeitsmangel beklagen, und wegen zwei Spiegeln wurde kein sonderlicher personeller Aufwand getrieben.

Am Tage vor dem Diebstahl hatte es leicht geschneit. Der Kriminalmeister stellte fest, dass die Diebe ihre Spuren im Schnee mit einem Besen oder ähnlichem verwischt hatten. Die wenigen Reste ließen vermuten, dass sie wahrscheinlich mit einem Traktor und Anhänger bei der Lagerhalle erschienen waren und so die beiden Spiegelscheiben abtransportiert hatten.

Eine Spur war nicht vollständig beseitigt worden. Sie deutete darauf hin, dass sich am Tatort ein großer Hund (oder ein anderes Tier?) befunden hatte. Wenn es sich um einen Hund handelte, dann musste es ein sehr großer Hund gewesen sein. Ein verdammt großer Hund!

Genau genommen erinnerte der Pfotenabdruck mehr an einen Bären. Das war natürlich Blödsinn, denn in einer deutschen Großstadt gibt es ja keine Bären.

Die Spur wurde nicht weiter verfolgt. Erstens interessierte sich die Polizei für die Diebe, und nicht für (verdammt große) Hunde. Zweitens konnte dieser Hund (Bär?) auch zufällig vor dem Diebstahl bei der Lagerhalle herumgestrichen sein. Und drittens bestand noch die Möglichkeit, dass irgendein Scherzkeks den frischen Schnee ausgenutzt hatte, um sich entsprechende Schablonen unter die Schuhe zu basteln und so die Leute zu foppen.

Die Ermittlungen verliefen im Sande. Niemand konnte sich erklären, was die Diebe mit zwei je vier Quadratmeter großen Spiegeln anfangen wollten.


In einer kalten Winternacht Ende November befand sich Alfred mit seinem Ami-Schlitten auf dem Heimweg.

Er verfluchte die drei Bier mit Korn, die er intus hatte. Die Straße war zwar vom Schnee geräumt worden, aber stellenweise tückisch glatt. Gar nicht so einfach, mit benebeltem Gehirn den Wagen in der Spur zu halten. Alfreds Auto eierte mit hin- und her schiebendem Heck um eine Kurve.

Ein Geisterfahrer!

Alfred kniff ein Auge zu, um ein eventuelles Schielen auszuschließen, aber der Wagen kam ihm trotzdem noch auf seiner Spur entgegen!

Alfred betätigte die Lichthupe. Dieser Idiot! Jetzt blendete der auch auf! Alfred flimmerte es vor den Augen. Er riss den Wagen nach links, um dem Kerl auf der Gegenfahrbahn auszuweichen. Doch im gleichen Moment erkannte der offenbar seinen Fehler und wechselte ebenfalls die Fahrbahn.

Alfred trat voll in die Bremsen. Auf der glatten Straße kam sein Wagen ins Schleudern, drehte sich mit affenartiger Geschwindigkeit ein paarmal und krachte dann mit der Fahrerseite gegen einen Baum. Alfreds Kopf knallte gegen den Dachholm. Er war sofort bewusstlos.

Ein paar Gestalten mit braunem Fell kamen schnell angehuscht und schoben das vier Meter lange Holzgestell auf Rädern mit dem darauf montierten riesigen Spiegel wieder in den Wald zurück. Bei dessen Anblick hatte Alfred versucht, vor seinem eigenen Spiegelbild auszuweichen.

Ein Bär langte unter das Auto und schnitt mit einem scharfen Messer den Benzinschlauch so ab, dass er durchaus auch an einer Karosseriekante durchtrennt worden sein konnte Ein anderer Bär mit einem Feuerzeug setzte das auslaufende Benzin in Brand.

Nach einigen Minuten brannte das Auto mit Alfred lichterloh. Ein paar Bären mit Wassereimern verhinderten ein Übergreifen der Flammen auf den Wald.

Lorbär sah dem Schauspiel zu und bedauerte, dass er das Feuer nicht regulieren und Alfred somit gleichmäßig durchgrillen konnte.

Ein Alarmpfiff auf einer Trillerpfeife ließ alle Bären hurtig tief im Wald verschwinden. Ein Auto näherte sich!

Der Fahrer hielt kurz an und besah sich den brennenden Wagen. Da er weder einen Feuerlöscher noch ein Handy besaß, fuhr er, so schnell es die glatte Straße zuließ, in den nächsten Ort und alarmierte dort die freiwillige Feuerwehr. Die erschien zehn Minuten später an der Unfallstelle.

Alfred sah inzwischen so aus, wie eine verkohlte Leiche nun mal aussieht: blauschwarzes, straff gespanntes Fleisch, ein paar Ascheflusen statt der Haare, fassungslos glotzende leere Augenhöhlen und um einiges in der Größe geschrumpft.

Der Gerichtsmediziner stellte später einen Blutalkoholgehalt von 1,4 Promille fest. Im Bericht der Polizei hieß es:

‚Ursache des Unfalles war vermutlich überhöhte Geschwindigkeit auf glatter Straße durch Fahren unter Einwirkung alkoholischer Getränke. Kein Fremdverschulden feststellbar.'

## 12. Advent, Advent, ein Teddy pennt

Das Verschwinden von Elvira und Herrn Würger konnte nie geklärt werden.

Elvira wurde von niemandem großartig vermisst, da sie keine Verwandten mehr hatte. Für ihre Wohnung wurde noch die Miete abgebucht, bis das Konto überzogen war. Dann schickte die Hausverwaltung zwei Mahnungen. Als diese unbeantwortet blieben, wurde gerichtlich vorgegangen und letzten Endes die Wohnung zwangsweise geräumt und neu vermietet.

Bei Herrn Würger sah die Sache ganz anders aus, denn er wurde bereits am nächsten Tag auf der Arbeit vermisst. Da er als stellvertretender Filialleiter eine Menge Bankgeheimnisse mit sich herumtrug, waren nach ein paar Tagen nicht nur seine Vorgesetzten, sondern auch einige Kunden höchst besorgt. Die Bank erstattete Vermisstenanzeige.

Die Polizei konnte feststellen, dass Herr Würger am Tag vor seiner Abwesenheit noch abends in seinem Fitness-Center gewesen war. Von dort musste er zu seiner Wohnung gefahren sein, denn sein Auto wurde in der Tiefgarage entdeckt. Dann verlor sich seine Spur. Weder in der Wohnung noch an seinem Arbeitsplatz oder bei seinen Verwandten und Bekannten ließen sich Hinweise entdecken, die eine Erklärung für sein Verschwinden geliefert hätten.

Auffällig erschien, dass ein Kreditnehmer von Herrn Würger, ein gewisser Klaus Pleitner, zu dieser Zeit ebenfalls vermisst wurde. Aber bei dem lag nach den polizeilichen Ermittlungen das Motiv für sein Verschwinden bzw. seinen vermutlichen Selbstmord auf der Hand. Nach Zeugenaussagen hatte er einen Kredit, den er bei einer anderen Bank aufgenommen hatte, im Spielcasino verjubelt und sich vermutlich deswegen das Leben genommen. Die Untersuchung seiner etwa zwei Wochen später aufgefundenen Überreste bestätigte dann diese Theorie.

Noch nach Jahren sprachen Würgers Arbeitskollegen von der Sache, wenn sie sich bei Betriebsversammlungen oder Weihnachtsfeiern trafen:

„Das war ein Ding mit dem Würger, wa? Wie der damals einfach verschwunden ist!"

Es blühten zwar die tollsten Gerüchte, etwa von der Unterschlagung mehrerer Millionen und Absetzen ins Ausland oder von irgendwelchen Waffengeschäften mit Geheimdiensten, aber mangels handfester Beweise verliefen alle Vermutungen im Sande.

Lorbär kochte im November auf Herrn Würgers Oberschenkelknochen leckeren Grünkohl, und dessen Därme und Eingeweide lieferten die dazu passenden Kochwürste. Die Skelette von Elvira und Herrn Würger zerlegte er mit einer Knochensäge so weit, dass kein Stück größer als zehn Zentimeter übrig blieb. Über mehrere Abende verteilt wurden diese Reste während der Heimfahrt in den Wald aus den fahrenden Wagen geworfen und landeten über viele Kilometer verstreut im Straßengraben. Ab und zu kam es zwar vor, dass der Hund eines Spaziergängers so ein Teil schwanzwedelnd anbrachte, aber nie bekam ein Mediziner so einen Knochenrest zu sehen, den er als menschlich hätte identifizieren können.

Am Freitag vor dem ersten Advent, dem letzten Öffnungstag der Bank vor der Winterpause, hielten die Angestellten, wie jedes Jahr, ihre Winterschlaf-Feier mit Kaffee und Kuchen ab. Dann überzogen sie ihre Büromaschinen mit Schutzhüllen gegen Staub, sicherten sorgfältig die Fenster und Türen der Bank und fuhren nach Hause in den riesigen Wald östlich der großen Stadt, wo sie wohnten. Wegen einiger unheimlicher Vorfälle wird dieses Gebiet auch als Bärmuda-Dreieck bezeichnet und von den Menschen ängstlich gemieden.

Am Rande der Landstraße stand ein verwittertes Verkehrszeichen ‚Bärenwechsel' (dreieckig, weiß mit rotem Rand, darauf ein schwarzer Schema-Teddy). Etwa 300 Meter danach bogen der Mercedes und der Golf nach links in einen verschneiten Waldweg ein.

Nach 200 Metern hielt Lorbär an und holte aus dem Kofferraum eine auseinanderklappbare Vorrichtung, die an einen breiten Reisigbesen erinnerte. Diese befestigte er an der hinteren Stoßstange und zog sie auf dem weiteren Weg durch den Wald hinter sich her. Dadurch wurden die Reifenspuren der beiden Wagen im Schnee verwischt.

Die beiden Autos der Bankbären fuhren tiefer und tiefer in den Wald. Ihr Weg führte durch raffiniert getarnte Zufahrten, vorbei an einem umgestürzten Baum, der scheinbar den Weg blockierte, sich aber überraschend leicht hochklappen ließ, über einen Fluss mit einer vermodert wirkenden, aber doch haltbaren Brücke, und vorbei an einigen gut getarnten Wächtern, die mit ihren Funkgeräten auf Bäumen saßen oder nahezu unsichtbar in dichten Büschen versteckt lagen. Solche Vorsichtsmaßnahmen hatten sich als nötig erwiesen, seit einige Tierliebhaber versucht hatten, ein Teddybaby mitgehen zu lassen, weil es so niedlich aussah und bestimmt gut mit den Kindern im Garten spielen würde. Solche Scherze waren den Menschen schnell und gründlich abgewöhnt worden. *(Natürlich musste dazu auch einmal ein Mensch mit ein paar Tatzenhieben aufgeschlitzt und in seine Körperteile zerlegt werden. Was dachten Sie denn, wie schwer von Begriff manche Leute im Umgang mit der Natur sind?)*

Lorbär glotzte erstaunt aus dem Autofenster, als er am Wegesrand einen Schneebären erblickte, den ein paar kleine, freche Teddys dort gebaut hatten. Auf dem Kopf trug er eine Kochmütze mit der krakeligen Aufschrift ‚Lorbär'.

In der Bärensiedlung wurde der Mercedes vom Waschbären auf Hochglanz gebracht und in der Garagenhöhle vom Schlosserteddy aufgebockt, konserviert und mit einer Schutzplane zugedeckt. Lorbär trieb mit seiner alten Karre nicht so viel Aufwand. Er fuhr seinen Golf hinter ein dichtes Gebüsch und zog ein Tarnnetz darüber.

Die Lebensmittelhändler, Herr und Frau Camembär, betrieben in ihrer Ladenhöhle gerade den Winter-Ausverkauf. Einige Bärinnen mit Einkaufskörben über den Vordertatzen standen schwatzend und Ware aussuchend vor den Regalen und an der Kasse. Man muss dazu wissen, dass das Winterschlaf-Essen für die Bären ungefähr die gleiche Bedeutung hat, wie für die Menschen das Weihnachtsfest. Das Festessen zum Frühlingserwachen Anfang März kann man dagegen mit dem Osterfest vergleichen.

Spät am Abend verschlossen alle Bären ihre Höhlen bis auf die Lüftungsschächte, verbarrikadierten sie mit Felsbrocken und tarnten sie gut, damit sie nicht im Winterschlaf überrascht werden konnten.

Ein Teddy begab sich nicht in seine Höhle, sondern verließ mit erwartungsvollem Grinsen den Wald in Richtung des nächsten Ortes. Der Glückspilz hatte für die Winterschlafsaison einen tollen Job ergattert, bei dem er sein Geld sozusagen im Schlaf verdiente, und zwar als Schaufensterdekoration in einem Bettengeschäft. Das dort ausgestellte Modell mit dem darin schnarchenden Bären wurde mit dem Prädikat ‚winterschlafgeeignet' angepriesen und verkaufte sich sehr gut. Jeder Käufer bekam als Zugabe noch einen großen Plüschteddy dazu.

Lorbär und seine Frau überlegten jetzt, was sie als Winterschlafabendessen zubereiten sollten.

„Nach dieser Saison in der Bank kann ich kein Menschenfleisch mehr sehen!" brummte der Kochteddy mit verdrießlichem Blick in die Vorratskammer.

Seine Frau stellte sich vor ihn, schlang ihm liebevoll die Vorderpfoten um den Hals und biss ihm zärtlich ins Backenfell.

„Ach, Männchen! Dann mach' uns doch mal wieder etwas

schönes Vegetarisches! Oder wie wär's mit italienisch: Spaghetti di Teddy?"

Die beiden Grinsly-Bären bezogen ihre Betten mit der warmen Winterbettwäsche. Dann setzte sich Herr Grinsly an seinen Schreibtisch und machte für das Geschäftsjahr Bilanz. Seine Frau sah ihm über die Schulter.

„Na, Dicker, wie sieht's aus?"

„Ein gutes Jahr!" antwortete der Bankdirektor mit zufriedenem Grinsen. „Wir haben einen Gewinn von etwa 120.000 Mark gemacht. Die 10.000 Mark von dieser Elvira Enterich müssen wir natürlich als Verlust buchen. Aber die 6.000 Mark von diesem Pleitner bekommen wir ja wahrscheinlich über die Lebensversicherung wieder. Das müssen wir im März gleich prüfen! Aber alles in allem können wir beruhigt schlafen gehen."

Herr Grinsly stellte den Wecker auf den ersten März. Dann gingen die beiden zu Bett und kuschelten sich aneinander, um sich gegenseitig ihre Fellwärme zu geben.

Frau Grinsly dachte voller Vorfreude an das Festessen zum Frühlingserwachen. Beim letzten Mal vor acht Monaten war es bereits schön warm gewesen. Sie hatten auf der Lichtung im Wald beim Fluss gefeiert, und Lorbär hatte ihnen den Motorradfahrer gegrillt, der mit seiner Geländemaschine durch das Bärengebiet gebrettert war...

Nach kurzer Zeit kamen rhythmische Schnarchtöne aus den beiden Grinsly-Bären.

Frau und Herr Plauz brauchten einige Zeit, um ihren Sohn zu überreden, ins Bett zu gehen. Er hatte nämlich in der Fernsehprogrammzeitung einige Kindersendungen entdeckt, die er angeblich für seinen Seelenfrieden unbedingt sehen musste, wie er seinen Eltern gegenüber argumentierte. Erst der tröstende Hinweis auf den Videorecorder konnte ihn zur Winterruhe bewegen.

Als der kleine Teddy endlich eingeschlafen war, machte

sich Herr Plauz an die schwierige Aufgabe, den Videorecorder für die nächsten drei Monate zu programmieren. In der Nähe des Waldes, in dem die Bankierbären wohnten, gab es ein Fernseh-Fachgeschäft, das extra für diese Fälle besondere Videocassetten mit 24 Stunden Spieldauer anbot.

Bärona schminkte sich ab und massierte dabei gelegentlich ihren Bauch, in dem sich ihre beiden Babys regten. Sie würden während des Winterschlafes geboren werden und sich gleich nach der Geburt in Mamas Fell kuscheln, um weiter zu pennen.

Den Vater kannte sie nur flüchtig, irgendein Waldbär, mit dem sie ein Abenteuer gehabt hatte. Das störte sie aber nicht, denn die meisten Bärenmütter waren allein erziehend.

Dank ihrer Stellung in der Bank besaß sie etwas Gespartes. Sie überlegte, ob sie einen Kinderwagen kaufen sollte, wie sie ihn bei den Menschen in der Stadt gesehen hatte. Aber dann entschied sie sich dagegen. Bärenkinder sind sehr früh auf den Beinen und außerordentlich neugierig. Wahrscheinlich würden sie nicht im Kinderwagen sitzen bleiben, sondern bei jeder Gelegenheit heraushopsen und wegrennen. Da verließ sie sich lieber auf ihre vier Beine.

Mit zufriedenem Grinsen und voller Vorfreude auf ihre Kinder schlief sie ein.

Dagobärt brachte seine kleine Tochter zu Bett. Sie war schon sehr müde.

Als der Vati sie sorgfältig zugedeckt hatte, klappte sie noch einmal ihre Augen auf.

„Papa! Meine Menschenpuppe fehlt noch!"

Der Teddy gab ihr die Puppe eines kleinen Mädchens ins Bett und deckte diese auch zu.

„Papa?!" fragte das Bärenkind, „Stimmt es, dass die Menschenkinder einen kleinen Teddy mit ins Bett nehmen? So, wie ich meine Püppi habe?"

„Ja, mein Süßes", antwortete der Papa, „aber die Menschenkinder schlafen nur eine Nacht, und wir schlafen jetzt drei Monate. Guten Winter!"

Die kleine Bärin war bald eingeschlafen. Ihre Mama lag auch schon im Bett, machte aber mit ihren großen Kulleraugen noch einen relativ munteren Eindruck.

„Kommst du?" fragte sie ihren Mann mit lüsternem Blick.

Vom gleichen Autor ist bei BoD erschienen:

ISBN 3-8311-0143-4

Wenn man fristlos gefeuert wird und das Arbeitsamt einem auch noch die Unterstützung streicht, gibt es verschiedene Geldquellen, um seinen Lebensunterhalt zu beziehen.
Zum Beispiel den Tresor im Büro des ehemaligen Vorgesetzten.

Leseprobe aus „Fristlos entlassen":

Am nächsten Tag erschien wieder die Zeitung mit dem Stellenteil. Peter ging gar nicht erst los, um sie sich zu holen. Erstens würde wahrscheinlich wieder nichts Brauchbares drin sein, und zweitens war die Zeit vorbei, wo er sich mit solchen albernen Sachen wie unterbezahlten Jobs abgab. Heute Abend würde er richtig Geld machen.

Am Nachmittag meldete sich wieder das bekannte hohle Gefühl in der Magengegend, ergänzt durch ein entsetzlich starkes Herzklopfen. Dazu kam noch etwas Anderes, das Peter erst nach einiger Zeit als eiskalte, zitternde Hände diagnostizierte. Er versuchte, die vor ihm liegende Aufgabe als Job zu sehen, der erledigt werden musste, und nicht als Straftat. Leider beeindruckte das weder seinen Magen noch seine Hände.

‚Wenn du dir diese Schlappschwänzigkeit nicht schlagartig abgewöhnst, wird aus dir nie etwas werden!' ermahnte ihn der kleine Teufel.

‚Na, hör' mal! Immerhin habe ich so etwas noch nie gemacht', antwortete ihm Peter im Geiste.

Das war überhaupt die Idee! Vielleicht könnte er durch langsame Gewöhnung seine Angst verlieren? Wenn er jetzt wie geplant seine Einbruchswerkzeuge einpackte und zu Schreyner fuhr, das Moped im Gebüsch versteckte und das Betriebsgelände beobachtete, dann hätte er doch fürs Erste genug getan. Dieser Teil wäre ihm dann schon vertraut und würde beim nächsten Mal ohne Schlottern über die Bühne gehen.

Am nächsten Tag würde er wieder das Gleiche machen, aber dann noch zusätzlich über den Zaun steigen und Pohl beobachten. Und am dritten Tag hätte er dann schon so viel Übung, dass der Sprint zum offen stehenden Lagertor keine große Herausforderung mehr wäre.

Hocherfreut, dass diesen Abend noch nichts passieren

konnte, hängte er sich die Tasche mit dem Werkzeug um und brach auf.

Kurz vor dem Gelände von Schreyner machte die Straße eine unübersichtliche Kurve. Ein Porsche fuhr mit ungeduldig aufbrummelndem Motor dicht hinter Peters Moped her, konnte ihn aber erst nach der Kurve haarscharf überholen.

„Fahr' doch auf dem Radweg, du Scheißer!" schrie ihn der Beifahrer durch das geöffnete Fenster an.

Peter kochte vor Wut. Natürlich wieder reiche Leute mit einem dicken Auto, die auf ihm, dem armen Arbeitslosen, herumtrampelten.

„Jetzt ist damit endgültig Schluss!" sagte sich Peter entschlossen. „Jetzt werde ich diesen Bonzen mal zeigen, dass man sich mit mir nicht anlegt!"

Sein Zorn verlieh ihm ungeahnte (kriminelle) Energie. Solche albernen Scherze, wie probeweise zum Tatort fahren und am nächsten Tag wieder, waren jetzt abgeblasen. Heute Abend würde er die Sache endgültig durchführen, damit er auch endlich zu den Reichen gehörte.

Natürlich wäre er nicht so blöd, das ganze Geld für ein Auto auszugeben. Schließlich wollte er ja ein paar Jahre davon leben. Aber einen kleinen Wagen würde er sich schon gönnen, um nicht ständig von Fahrplänen abhängig zu sein oder durchgefroren und nassgeregnet irgendwo anzukommen. Vielleicht könnte er mit dem Auto einen Kurierdienst aufziehen und so selbständig werden, ohne Chef und Befehle von oben.

Er stellte sein Moped hinter das Gebüsch auf dem Trümmergrundstück ab und ging über die Straße zum Zaun von Schreyners Gelände. Ohne Zittern und Angst sah er sich um. Niemand zu sehen. Als ob es die selbstverständlichste Sache der Welt wäre, stieg er über den Zaun und hockte sich in das Gebüsch. Im Bürotrakt brannte noch Licht. Aber von denen würde kaum jemand nach Feierabend durch das Lager gehen.

Peter sah auf die Uhr. Es war schon Betriebsschluss. Jeden

Moment musste die Gestalt von Pohl aus dem erleuchteten Lager kommen und über den dunklen Hof zum geparkten Gabelstapler latschen.

Jetzt spürte Peter erst die entsetzliche Kälte. Wenn er hier noch lange hocken müsste, dann wäre er im entscheidenden Moment eingefroren.

Er erstarrte vor Schreck, als sich hinter ihm Schritte näherten. Auf dem Gehweg jenseits des Zaunes ging ein Fußgänger vorbei. Peters Pulsschlag mäßigte sich erst wieder von Vollgas auf halbe Kraft, als die Schritte allmählich im Dunkel verhallten. Er fror auf einmal überhaupt nicht mehr.

Und da kam die vertraute Silhouette von Pohl. Fast hätte Peter den Moment verpasst. Er sah sich links und rechts um. Auf dem Hof war niemand. Er stand auf, trat aus dem Gebüsch und ging schnell mit einem komischen Gummigefühl in den Beinen zu dem erleuchteten, offen stehenden Lagertor, während Pohl im Dunklen den Zündschlüssel in das Schloss des Gabelstaplers fummelte.

Im Lager fühlte Peter ein seltsames Gemisch aus Vertrautheit und Angst. War es wirklich erst vier Wochen her, dass er hier gearbeitet hatte?

Der draußen anspringende Motor des Staplers riss ihn aus seinen Erinnerungen. Schnell lief er zu einem großen Pappkarton und versteckte sich dahinter. Der Stapler mit dem Lagerverwalter kam in die Halle getuckert. Das Motorgeräusch erstarb, man hörte Schritte, dann das Rasseln des zugehenden Rolltores. Wieder waren die Schritte von Pohl zu hören, dann verlöschten plötzlich die Neonröhren und eine Stahltür knallte zu. Peter war alleine im Lager.

Nach einigen Minuten, als sich seine Augen an die Dunkelheit gewöhnt hatten, traute er sich aus seinem Versteck. Zum Glück fiel etwas Licht von der Straßenbeleuchtung durch die Fenster. So brauchte er seine Taschenlampe noch nicht.

Er schlich zum Rolltor und sah durch die Plexiglasscheibe. In Gollnaus Büro brannte immer noch Licht. Gewiss, für sein fettes Gehalt sollte der Kerl ruhig Überstunden schieben, aber musste das ausgerechnet heute sein? Peter konnte nichts anderes tun, als abzuwarten. Eine halbe Stunde ist ganz schön lange, wenn man auf irgendetwas wartet.

Endlich verlöschte das Licht im Bürotrakt, und bald darauf erschienen draußen im Dunklen Gollnau, Wolter und der verhasste Mecke und gingen zu ihren Autos. Peter hörte gedämpft, wie sie sich verabschiedeten. Dann stiegen sie ein und fuhren los. Gollnau hielt auf der Straße nochmal kurz an, um das Tor im Zaun zu verschließen und brauste dann ebenfalls davon.

Jetzt hatte Peter das Ganze.

Er fühlte sich sehr mächtig. Hier lagerten ja auch Farben und Verdünnungsmittel, und in seiner Tasche steckte ein Feuerzeug. Wenn er gewollt hätte, dann hätte er in diesem Moment den ganzen Saftladen in Brand stecken können. Aber er war ja aus anderen Gründen hier.

Vorsichtig schlich er zur Treppe, die in den Keller des Lagers führte. Dort stand jemand.